DU SENTIMENT

DE LA NATURE

DANS

L'ANTIQUITÉ ROMAINE

DISSERTATION

PRÉSENTÉE AU CONCOURS POUR LA CHAIRE DE LITTÉRATURE LATINE

A L'ACADÉMIE DE LAUSANNE

PAR

EUGÈNE SECRETAN

LAUSANNE

IMPRIMERIE GEORGES BRIDEL

1866

DU SENTIMENT

DE LA NATURE

DANS

L'ANTIQUITÉ ROMAINE

DISSERTATION

PRÉSENTÉE AU CONCOURS POUR LA CHAIRE DE LITTÉRATURE LATINE

A L'ACADÉMIE DE LAUSANNE

PAR

EUGÈNE SECRETAN

LAUSANNE

IMPRIMERIE GEORGES BRIDEL

1866

AVANT-PROPOS

En entreprenant ce travail, je savais qu'il existait peu de renseignements précis sur ce sujet; mais j'espérais, à l'aide des nombreuses citations éparses çà et là, trouver assez de matériaux pour me dispenser de dépouiller par moi-même tous les écrivains romains qui pouvaient avoir parlé de la nature. Je m'aperçus bientôt qu'il fallait me résigner à entreprendre cette tâche laborieuse et surtout fastidieuse, car il est dur de feuilleter des centaines de pages uniquement pour constater qu'elles ne contiennent rien. A défaut d'autre mérite, les résultats obtenus par ces longues recherches auront du moins celui d'avoir été acquis par un travail individuel, là même où ils sont d'accord avec l'opinion courante, si tant est qu'on puisse parler d'opinion courante dans un domaine aussi peu connu.

Le lecteur français sera peut-être désagréablement surpris, parmi les ouvrages consultés, de la prédominance des écrits allemands. Je crois devoir dire que ce n'est ni parti pris contre la science française, ni négligence, mais mon éloignement d'un grand centre me rendait très difficile de la mettre à contribution. En revanche, je tiens à témoigner ici ma sincère reconnaissance à M. le professeur Kayser, de Sagan, qui a mis à ma disposition les ressources importantes, soit de sa propre bibliothèque, soit de celle du Gymnase. Sans ce secours, il ne m'aurait guère été possible de mener à bien, dans une petite ville de province, une dissertation qui exigeait une revue presque complète de la littérature latine.

Les premières pages de ce travail ont été écrites au milieu des premières bouffées du printemps, qui s'harmonisent si bien avec mon sujet, tandis que les derniers chapitres ont été composés peu de temps avant de dire un adieu peut-être définitif à la Prusse, au milieu de l'agitation de la guerre, à peu de distance des glorieux champs de bataille de la Bohême.

SAGAN en Silésie, juillet 1866.

INTRODUCTION

C'était la veille de mon départ de Rome; je gravis une dernière fois au sommet de l'amphithéâtre crevassé du Colisée; le globe du soleil, sur le point de disparaître, vivifiait encore de sa chaude lumière cette majestueuse campagne romaine, pauvre en arbres et en eau, mais semée d'aqueducs en ruine, de souvenirs impérissables, et encadrée du nord à l'est par les fiers sommets des monts de la Sabine, puis par les gracieuses ondulations des collines d'Albano. L'abondance de la lumière, la puissance de la séve du printemps, la jeunesse éternelle de la nature contrastaient avec les arcades gigantesques et délabrées du Colisée; et comme les contrastes s'associent volontiers dans notre esprit, je me demandai involontairement quelle impression ce même soleil couchant avait pu produire, il y a quinze à dix-huit siècles, sur les Romains, citoyens, affranchis et esclaves, qui s'étageaient sur ces mêmes degrés.

De là à rechercher méthodiquement, à l'aide de force gros livres, ce que fut le sentiment de la nature chez les Romains, il y a toute la distance qui sépare la curiosité peu tenace d'un jeune touriste du laborieux échafaudage nécessaire à une dissertation. J'étais alors dans le pays du soleil et dans l'ancienne reine du monde, tandis que je rédige ce travail dans une paisible petite ville des plaines sablonneuses de l'Allemagne du Nord.

Parmi les innombrables touristes qui s'abattent par volées sur l'Italie, plusieurs se seront déjà demandé si les anciens Ro-

mains appréciaient comme nous, et mieux que les Italiens modernes, les beautés de leur nature. Ils se seront rappelé qu'Horace chantait les frais ombrages et les cascades de Tibur, que
Cicéron promenait sa douleur ou ses indécisions d'une de ses
villas à l'autre, que les bains de mer de Baïes, sur le golfe de
Naples, étaient le rendez-vous des élégants voluptueux, que
Pline le Jeune a décrit tout au long deux ou trois de ses villas ;
mais s'ils n'ont pas abordé quelque ouvrage spécial, ils n'en savent guère davantage. Il est de fait que, dans le domaine de
l'antiquité latine, cette région est une des moins défrichées.
L'érudition allemande, qui compose des volumes où tant d'autres se contenteraient de quelques pages, ne s'est occupée de
ce sujet que tout dernièrement et plutôt en passant[1]. Pour qui
n'aime pas les sentiers battus, c'est une raison de plus de s'en-
gager dans cette direction.

Serait-ce à dire que ce peu de matériaux dénonce le peu d'importance de ce sujet? Je ne le pense pas. Nul ne le contestera,
la grandeur de Rome, après que l'Orient et la Grèce eurent
échoué à fonder des états, c'est d'avoir lentement élevé une
puissante nationalité, majestueux mais lourd édifice qui pesait
trop fortement sur la terre. Le ciment romain, au moral comme
au physique, voilà l'emblème du peuple constructeur et orga-
nisateur. Après l'homme-nature en Orient, l'homme artiste en
Grèce, l'homme citoyen était venu ; or l'homme citoyen n'a pas
le temps d'admirer beaucoup la nature. C'est donc par un de
ses côtés faibles que nous entreprenons d'étudier Rome, ce
n'est pas dans un des points où elle a excellé.

N'importe. Notre siècle est curieux ; entre autres qualités il
a celle de comprendre toutes les variétés d'une belle nature et
d'en jouir vivement. La mer ne le rend pas injuste envers les
glaciers, ni les bosquets d'orangers envers le mélèze des hautes
Alpes. Ce sentiment de la nature qui occupe tant de place dans
la vie de notre temps, nous avons quelque intérêt à en chercher les traces dans les écrits des auteurs romains et jusque

---

[1] Voy. principalement Friedländer, *Sittengeschichte Roms*, Tom. II, pag. 1-122.
. — Motz, *Ueber die Empfindung der Naturschönheit bei den Alten.* (Leipzig, 1865.)
Une brochure de 130 pages.

dans les fragments inhabiles d'un Ennius et d'un Pacuvius. Ces traces sont plus significatives qu'on ne veut bien en convenir. Il faut les chercher ; cela demande du temps et des yeux; mais on est récompensé de sa peine.

Toutefois il est incontestable que le sentiment de la nature à Rome était moindre que de nos jours, et qu'il était autre. En quoi il différait, c'est ce qu'il est plus logique d'indiquer à mesure que nous avancerons dans cette étude. Mais comment se fait-il qu'il fût moindre? Je pourrais répondre par une série de questions analogues : D'où vient que la littérature française a ignoré si longtemps la nature, ensorte qu'on a pu dire de J. J. Rousseau qu'il avait été le premier « à mettre du vert » dans la littérature? D'où vient que la poésie allemande, après avoir, avec les Minnesænger, prêté l'oreille aux voix les plus mystérieuses de la nature, soit redevenue presque sourde pour elles jusqu'à la grande rénovation de Klopstock et de Bodmer? Pourquoi, en Suisse, les ascensions et les séjours de montagne ne datent-ils guère que de ce siècle, et comment a-t-il pu être possible de construire des maisons de campagne qui tournaient le dos à ce Léman que toute l'Europe nous envie?

Les Romains pourraient encore s'excuser en nous rappelant qu'on songe rarement à trouver beau ce qu'on a chaque jour sous les yeux. Si des milliers de touristes ne donnaient l'éveil aux habitants de l'Italie et même de la Suisse, est-il bien sûr que Suisses et Italiens continueraient à vanter leur belle patrie? Or les étrangers qui venaient dans l'ancienne Rome étaient plus occupés de solliciter ou de jouir que d'admirer le ciel et les horizons de l'Italie; la plupart venaient de contrées presque aussi belles. Plus tard sans doute vinrent du nord des peuplades entières qui ne pouvaient se lasser de savourer cette terre brillante et féconde ; mais c'était trop tard, car c'était l'avant-garde de la grande invasion.

Les beautés de la nature s'associent fort bien au patriotisme, à l'amour, au sens religieux ; mais c'est à un patriotisme moins conquérant que celui de Rome, à un amour plus intime et surtout plus pur que celui qu'ont chanté ses poëtes, à un sentiment religieux plus panthéiste ou plus voisin du christianisme que celui de l'Olympe grec, tant bien que mal transporté en Italie. Ces sources d'inspiration étant pour ainsi dire obstruées, il restait aux Romains à décrire la nature ou à la sentir. Heureusement la poésie descriptive sortait à peine de l'œuf pendant la décadence ; ce genre faux n'existe donc qu'à la fin de la littérature romaine. Quant à sentir intimement la nature, ce n'est pas donné à chacun, et surtout ce n'est pas la matière de longs écrits. C'est une séve cachée qu'on sent circuler, mais qui ne s'épanche pas à volonté.

Enfin, le peuple romain n'a jamais péché par un excès de lyrisme ; ses écrivains, même ses poëtes, sont rarement individualistes dans le sens moderne. C'était un peu l'effet de la routine : habitué à regarder avec respect du côté de la Grèce, on se croyait à peine autorisé à avoir d'autres impressions ou d'autres idées que celles consacrées par l'usage. C'était aussi par modestie : qu'était l'individu, surtout à Rome, pour prétendre attirer l'attention ? A première vue, il semble que pour sentir la nature et montrer comment on la sent, il ne soit pas question d'individualisme, qu'il n'y a qu'à être un miroir. En réalité il en est autrement : nous ne lisons dans le livre de la nature que ce que nous y écrivons nous-mêmes. Pour comprendre, comme on dit, la nature, il faut avoir derrière soi une foule d'expériences personnelles. Les peuples enfants et les peuples qui agissent sont mal qualifiés pour cela. Or la vie du peuple romain, dès son enfance, fut laborieuse. Il ne put se reposer et contempler que sous l'empire, quand il était déjà corrompu de tant de manières.

Telles sont, je crois, les principales raisons pour lesquelles le sentiment de la nature fut relativement peu intense et peu varié chez les Romains. D'ordinaire on se borne à invoquer le caractère avant tout pratique de ce peuple ; c'est l'essentiel, sans doute, mais j'ai voulu ne pas me payer de mots et voir les choses de plus près.

Dans le voyage que nous allons entreprendre, il y a à choisir entre divers itinéraires. Il serait instructif et piquant d'examiner tour à tour comment les Romains ont compris les divers éléments de la nature, ce qu'ils ont dit des fleurs, des forêts, des rivières, des lacs, de l'horizon des plaines, des lignes plus variées des coteaux, des paysages imposants des montagnes ; si le spectacle de la mer, d'un ciel étoilé, d'une lune argentée, les a émus de la même manière que nous. On pourrait aller plus loin et chercher chez eux les rapports du sentiment de la nature avec leur patriotisme, avec leur religion, avec leurs affections intimes, avec leurs joies et leurs souffrances ; car, quoique moins nombreux que dans nos littératures modernes, ces rapports existent. Enfin, s'élevant à un point de vue plus abstrait, il y aurait à se demander s'ils se sont rendu compte de leurs impressions, s'ils se sont élevés à une esthétique ou à une philosophie de la nature.

Ce programme a failli me séduire, mais il aurait demandé plus de loisirs que je n'en avais. D'ailleurs je craignais, en le suivant, de me laisser trop influencer par l'excellente brochure de M. Motz et d'aboutir insensiblement, quelquefois à une imitation, le plus souvent à une réfutation [1]. Mieux valait donc suivre la grande route tracée par l'usage et par l'histoire.

La grande route ici, c'est l'ordre chronologique ; c'est d'essayer un historique du sentiment de la nature à Rome, depuis les temps où les écrivains n'existaient pas encore jusqu'à ceux où ils disparaissent sous l'invasion barbare. Cette seconde méthode d'investigation est moins ingénieuse, mais elle est plus logique ; elle permet de suivre le développement de ce sentiment de la nature tel que l'ont modifié les événements. Elle

---

[1] Je me sens d'autant plus à mon aise pour dire du bien de ce travail consciencieux de M. Motz (*Ueber die Empfindung der Naturschönheit bei den Alten*) que son sujet, son plan et son but diffèrent considérablement des miens. Il a pour sujet l'antiquité classique, c'est-à-dire qu'il s'occupe avant tout du sentiment de la nature en Grèce et seulement en seconde ligne de ce qu'il fut à Rome. Son plan est essentiellement esthétique : il parcourt les diverses catégories d'impressions que la nature produit en nous et produisait chez les anciens ; l'absence presque complète du point de vue historique est un inconvénient qu'il est le premier à reconnaître. Enfin tout son écrit a un but polémique : il s'efforce de découvrir chez les anciens des traces d'un sentiment de la nature à peu près aussi intime et aussi varié que le nôtre. C'est une réaction excessive contre l'opinion assez répandue en Allemagne, exprimée entre autres par Schiller (*Ueber naïve und sentim. Dichtung*) et par Gervinus, que l'antiquité classique n'avait point de sympathie pour la nature. Ce n'est pas le lieu ici de discuter cette grave question : l'examen historique et détaillé qui remplit tout mon travail y répond d'ailleurs au fur et à mesure.

s'appuie sur l'histoire romaine, et c'est beaucoup quand il s'a-
git d'un peuple qui a agi plus qu'il n'a pensé. D'ailleurs elle ne
nous interdit pas des réminiscences de la première.

Trois époques, pour ce sujet spécial, sont faciles à distinguer,
sinon à limiter bien exactement; elles sont inégales en durée
comme en importance. La première commence avec ou plutôt
avant Rome et dure jusque vers l'an 80 ou 90 avant J. C., c'est-
à-dire jusqu'aux luttes entre Marius et Sylla. Des écrivains de
ce temps-là, c'est-à-dire des plus beaux temps de la république,
il ne nous reste guère que des fragments, et ces fragments sont
bien insuffisants pour notre but; aussi faudra-t-il chercher ailleurs le rôle que jouait la nature dans la vie de ce peuple agricole, puis belliqueux.

La seconde période, au lieu de sept ou huit siècles, n'en embrasse qu'un seul, de l'an 80 environ avant J. C. jusqu'à la
mort d'Auguste, l'an 14 de l'ère chrétienne. C'est l'époque des
guerres civiles, de César, de Cicéron, d'Auguste. On pourrait
l'intituler : pendant et après l'orage. Il est incontestable que les
horreurs et les abattements des luttes civiles, puis la satisfac-
tion de jouir en sécurité sous Auguste influèrent successivement sur le sentiment de la nature. Le sceptique Lucrèce subit
le contre-coup de l'ébranlement général, aussi bien que le rêveur Virgile et l'épicurien Horace celui de l'apaisement universel et du besoin de jouissance. Voilà pourquoi je n'ai pas voulu
séparer, comme on le fait d'ordinaire, la fin de la république
du commencement de l'empire.

La troisième période, ce sera donc l'empire et la décadence;
ce n'est pas la moins intéressante. Il est certain au contraire
que le despotisme des empereurs, plus lourd à Rome et autour
de la capitale, a contribué à faire apprécier la nature italienne.
D'ailleurs, c'est une ancienne expérience que les littératures
vieillies cherchent à se rajeunir au contact de la nature. Elles
la sentent plus vivement; en tout cas, elles l'analysent mieux.

Si l'on se contentait d'étudier l'un après l'autre, à mon point
de vue spécial, les poëtes ou les prosateurs de ces trois époques,
on aurait peut-être des renseignements suffisants sur le senti-

ment de la nature chez les écrivains romains, mais non sur son rôle dans l'ancienne Rome.

Ce dernier point est la partie la plus compliquée de ma tâche. Il me faudra chercher néanmoins à retrouver l'influence de la nature sur la masse de la nation, par exemple, en indiquant dans la première période, les nombreux rapports du sentiment de la nature avec la religion primitive, puis avec l'état de l'agriculture; en parlant, dans la seconde et la troisième, des fréquents voyages des Romains, de leurs villas et de leurs parcs, de la peinture de paysage, etc.

L'influence des Grecs, ici comme pour tous les autres sujets d'antiquité romaine, demanderait peut-être un chapitre à part. Pour être bien sûr que telle impression ou description est réellement éclose dans un cerveau romain et n'est pas une réminiscence hellénique, il faudrait peut-être faire des recherches pour chaque passage. Je n'en ai ni le goût, ni le loisir. D'ailleurs, pour ceci comme pour autre chose, la manie d'imiter n'a pas pu refouler entièrement le caractère romain, en sorte que, quoiqu'on ait pu soutenir (à tort certainement) que la littérature romaine n'était qu'une seconde édition revue et amoindrie de la littérature grecque, il n'en est pas moins évident que la teinte fondamentale de l'une n'est pas celle de l'autre. Toutefois, au fur et à mesure, surtout dans les deux premières périodes, je tâcherai d'indiquer, sinon de qui tel passage est imité, du moins si l'influence générale est hellénique.

Pour faciliter les recherches, je n'ai pas indiqué en bloc toutes mes sources, mais période après période. On me rendra le témoignage que c'est de bonne guerre.

PREMIÈRE PÉRIODE

Ouvrages consultés : *Mommsen*, Römische Geschichte, 3. Auflage, T. 1 et 2. — *Ampère*, L'histoire romaine à Rome, les deux premiers volumes. — *Munk*, Geschichte der röm. Litteratur, T. 1. — *Preller*, Röm. Mythologie. — En outre, les auteurs cités.

―――――――

§ 1.

Du sentiment de la nature dans la religion primitive de Rome.

A propos de toutes les religions de l'antiquité, on est conduit à se demander si c'est le spectacle de la nature qui a déterminé les croyances religieuses, ou bien si c'est le sentiment religieux qui a fait comprendre la nature. — Il y a eu action et réaction. A travers la diversité du panthéisme oriental, du dualisme persan, du polythéisme hellénique, ce sont toujours les forces éternelles de la nature qui apparaissent et qui, destructives ou fécondantes, nous effraient ou nous séduisent.

En serait-il autrement à Rome ? A première vue, il semble qu'une nationalité près du berceau de laquelle on a dû renoncer — n'en déplaise à M. Ampère — à chercher la muse des poëmes épiques, ne soit pas portée à diviniser la nature. En réalité il en est tout autrement. Il est à remarquer qu'ici on ne peut invoquer l'influence grecque, car elle est postérieure; nous sommes en présence de traditions religieuses complexes, où il est difficile de démêler la part des Latins, des Sabins, des Étrusques, mais où celle des colonies helléniques, même de Cumes, est presque nulle.

Sans doute plusieurs des usages que nous allons passer en revue persistent jusque sous Auguste et jusque dans les premiers siècles du christianisme. Rien n'est tenace comme les divinités champêtres du second ordre; ce sont les habitants des bourgs rustiques, les *pagani*, qui ont eu l'honneur de donner leur nom au paganisme. Mais déjà, à la suite des guerres puniques et de la conquête de la Grèce, la plupart des anciennes divinités italiques sont absorbées par les divinités grecques correspondantes, et la mythologie hellénique poétise, en la dénaturant, celle de l'Italie, prosaïque, formaliste, mais sérieuse.

Je n'ai pas à caractériser ici cette religion primitive des Romains. Elle a été jugée fort diversement. Une des appréciations les plus impartiales, parce qu'elle est élastique, c'est celle de Preller, au début de son ouvrage : elle fut plutôt un culte qu'une mythologie. En la comparant aux trésors poétiques de la Grèce, on lui a reproché d'attester le peu de fécondité de l'imagination latine; mais cette lacune tient aussi à un sentiment de respect des Romains qui, après avoir personnifié les forces de la nature, ne se permettaient pas de traiter ces augustes abstractions comme des êtres semblables à eux; oui, les dieux romains sont peu sociables, gauches, presque sans individualité, et n'ont jamais su s'unir, avant l'influence grecque, en un brillant Olympe, mais ils ne sont ni intrigants, ni voleurs, ni surtout adultères comme leurs collègues grecs.

On reproche également à cette religion primitive de pencher vers un formalisme routinier. C'était et c'est encore dans le caractère romain, rien de plus vrai; mais au début d'une religion le formalisme n'est pas incompatible avec des scrupules minutieux, même pédantesques; plus tard les scrupules s'en vont, et le formalisme n'est plus que ridicule. Les religions dont Rome a été successivement la capitale en sont la continuelle illustration.

Un reproche mieux fondé, c'est celui de manquer de mystérieux, quoique précisément dans son adoration pour les montagnes, pour certains arbres sacrés, pour les sources et les rivières, cette religion primitive ait fait preuve d'une attraction trop peu reconnue vers le mystérieux de la nature. En revan-

che nous dirons volontiers avec Mommsen (I, 162) : « A la religion d'Apollon qui veut une transfiguration terrestre et morale, à l'ivresse divine du Bacchus grec, aux cultes intimes et
voilés de la terre et des mystères, la religion romaine n'a rien
de semblable à opposer, rien qui lui appartienne en propre. »

Un reproche plus motivé encore, selon moi, c'est cette surabondance de divinités et de génies qu'on y rencontre. Evi-
demment leur quantité n'est pas une garantie de leur qualité;
voilà où la minutie romaine est fort déplacée. Que l'agriculture
réclame pour elle trois ou quatre divinités, c'est bien; mais
quand chaque acte de la vie agricole a besoin de son génie
protecteur, quand il faut en invoquer un différent pour l'acte
de labourer, pour celui de semer, pour celui de recouvrir de
terre la semence, et ainsi de suite dans toutes les branches de
l'activité humaine, y compris la naissance d'un enfant, on se demande (au point de vue du polythéisme naturellement) s'il y a
assez d'éléments divins dans la nature pour fournir à une si effrayante consommation, et si tous ces petits dieux n'empiètent
pas sur la considération et les cérémonies dues aux grandes
divinités.

Ce n'était pas sortir de mon sujet que d'indiquer quelques-
uns des côtés faibles de la religion primitive, car c'est rendre
d'autant plus remarquable son vif sentiment de la nature.

Pendant 170 ans, au dire de Varron (St. Augustin, *Civ. D.*
IV, 31), les Romains n'eurent ni image de leurs dieux, ni temple ; il faut croire que l'enfance de la sculpture et de l'architec-
ture y fut aussi pour quelque chose, néanmoins le mérite en
revient surtout à leur respect vraiment religieux pour ces abstractions qu'ils avaient personnifiées. Chez un tel peuple, la
nature devait remplacer les temples. C'est ce qui eut lieu.

Les peuples agricoles ne sentent pas nécessairement la nature plus intimement que les autres; toutefois on est assez
d'accord pour attribuer aux pâtres latins et non aux belliqueux
Sabins presque tout ce qui atteste un sentiment profond de la
nature dans leur religion primitive.

Qui de nous, parvenu au sommet d'une des croupes du Jura
ou d'une cime des Alpes, ne s'est senti plus rapproché du ciel

par là même qu'il était plus loin de la terre? Je ne sache pas
néanmoins que nos glaciers ou nos rocs alpestres aient jadis
été consacrés à quelque divinité. La religion primitive de Rome
fut plus généreuse, quoique le Monte Albano et le Soracte,
malgré leurs formes pittoresques, n'aient rien de particulièrement imposant. *Jupiter Latiaris* (Preller, 186-192), le protecteur de la confédération du Latium, était adoré sur le *Mons
Latinus* (Monte Albano) qui domine en effet tout le Latium, et
lorsque Albe fut détruite, les Romains, fidèles à leur système
conservateur, continuèrent à célébrer en grande pompe, au
même lieu, cette même fête. Le Soracte, dans le territoire sabin, la seule des sommités des environs de Rome où la neige
tienne quelques semaines, était consacré à *Apollo Soranus*, un
ancien dieu italique dont le nom fut hellénisé. (Preller, pag.
139.) Comme dieu du soleil, il donna probablement son nom
au Soracte (confusion fréquente des ténues *l* et *r*). A Rome
même, c'est sur le Capitole, c'est-à-dire sur la colline qui se
détache le mieux des autres, qu'étaient le sanctuaire de *Jupiter
Optimus Maximus* et plus tard ceux des autres divinités les plus
vénérées.

Saturne, le dieu agricole par excellence, avait des sanctuaires sur une foule de montagnes et de collines de l'ancienne
Italie, comme si la reconnaissance de l'homme avait voulu lui
montrer sans cesse la terre qu'il avait transformée. Maintenant
encore, bon nombre de ces couvents ou de ces chapelles qui
frappent en Italie le voyageur par leur position élevée et pittoresque, ne sont que les héritiers des temples de cette religion
primitive.

Ce prestige exercé par les montagnes se retrouve dans les
religions les plus opposées. C'est du Sinaï que les Juifs reçu-
rent les dix commandements; c'est sur une colline que le Sau-
veur du monde fut crucifié et qu'il monta au ciel. En Grèce —
qu'on me permette ce rapprochement — l'Olympe devint le
siége des dieux homériques, en sa qualité de montagne la plus
élevée et grâce à ses abords délicieux. C'est sur l'Hélicon qu'on
aimait à se représenter Apollon et les Muses. Cette coïncidence

avec la religion grecque consolida plus tard chez les Romains ce pieux respect pour les montagnes, mais l'origine en est indépendante de toute influence hellénique ou étrusque.

La même affirmation est à sa place à propos des forêts sacrées et du culte rendu à certains arbres. Les anciens Germains (Tacite, *Germ.* 9) et les Celtes avaient aussi leurs forêts sacrées, et si les intrépides défricheurs des forêts vierges dans l'ouest des Etats-Unis avaient la même religion que l'Italie primitive, ils consacreraient à leurs divinités les forêts non encore entamées par la culture, car la forêt vierge est le dernier refuge des voix de la nature refoulées par la civilisation.

Ainsi l'entendaient les anciens Romains ; même après la construction des temples, le *lucus* ou les *nemora* restèrent en honneur, surtout pour Jupiter et Diane. Le fameux bois sacré de la Diane d'Aricie (Preller, pag. 278, etc.), au bord du gracieux lac de Némi appelé le miroir de Diane, laisse sa trace dans toute l'antiquité latine : il était déjà comme un lieu de pèlerinage lors de la destruction d'Albe, et, sept à huit siècles plus tard, l'une des Silves de Stace (III, 1) parle d'une procession aux flambeaux à la fête de la Diane de Némi. Il est impossible d'énumérer ici tous les bois sacrés en renom ; il faut citer pourtant, à Rome même, le *Fagutal,* un sanctuaire de Jupiter qui était un ancien bois de hêtres (*fagus*) à l'une des extrémités de l'Esquilin, sans doute bien avant que Rome connût l'existence de la Grèce.

Ce qui est plus caractéristique que le nombre de ces *lucus,* c'est la sainte terreur des Romains d'y pénétrer avec un instrument en fer, même à une époque où ce n'était plus que l'ombre d'un ancien scrupule. Pour enlever les arbres frappés par la foudre ou qui tombaient de vétusté, il fallait des cérémonies fort compliquées, dignes du formalisme romain (voy. Preller, pag. 429), témoin ce figuier qui s'était si mal à propos implanté dans le bois sacré de la *Dea Dia,* non loin de Rome, sur le toit même du temple de la déesse, ce qui donna tant de soucis à l'honorable collége des Frères Arvales.

La sympathie respectueuse pour la nature allait, à Rome, jusqu'à rendre un culte à des arbres isolés. Chaque arbre, pour ainsi dire, du chêne au peuplier, était consacré à quelque divinité et finissait par être adoré pour son propre compte. Le figuier du Ruminal est bien connu ; il avait le mérite d'indiquer l'endroit où fut arrêté le berceau qui contenait les soidisant futurs fondateurs de Rome. Dans Virgile (*Enéide* XII, 766) il est question d'un vieil olivier sauvage (*oleaster*) particulièrement honoré des marins du temps d'Enée. Toutefois le culte des figuiers, des oliviers, des cornouillers, etc. me touche moins que celui rendu à d'autres arbres, car il a à l'arrière-plan un caractère utilitaire ; ni le figuier, ni l'olivier ne sont de beaux arbres, même sur le sol italien, mais la figue et l'olive y sont de première importance dans la vie du bas peuple ; en revanche, l'espèce de culte rendu au chêne, l'arbre royal consacré à Jupiter, me paraît plus caractéristique [1], quoique le rôle plus ou moins alimentaire des glands, ainsi que la solidité de son bois, semble avoir frappé les Romains tout autant que son majestueux dôme élargi à sa base, auquel la fine découpure du feuillage donne des contours si exquis.

Les habitants des forêts participent également à ce respect religieux. Chacun sait que l'aigle était consacré à Jupiter. Mars, le dieu sabin, à la fois guerrier et dieu du printemps, avait pour symbole un de ces loups qui abondaient alors dans les vastes forêts des Apennins ; ce symbole a conduit plus tard à la louve de Romulus et de Remus, et a permis de faire de brillantes et assez justes digressions sur la férocité du caractère romain, qui se ressentait du lait de la louve. Un autre animal consacré à Mars, c'est le pic-vert, qui joue aussi un grand rôle dans les mythologies du Nord et encore maintenant dans les superstitions populaires : c'est l'oiseau solitaire qui semble interroger à coups de bec redoublés l'écorce des vieux arbres.

Quoiqu'il n'y eût pas, sur le sol italique, autant d'éléments qu'en Germanie pour composer un *Reinecke Fuchs*, ou qu'en Inde pour créer des fables, nous y trouvons cependant des attributions particulières au bœuf, à la chèvre et au bouc, au chien, au renard, au serpent surtout. N'oublions pas l'importance des

---

[1] Voir entr'autres T. L. I, 2, où Romulus dépose ses dépouilles sur le Capitole, au pied d'un vieux chêne consacré à Jupiter.

oiseaux dans les destinées du peuple romain ; n'ont-ils pas donné leur nom aux *augures* et aux *auspices ?* Chaque oiseau était consacré à quelque divinité ; il nous est facile aujourd'hui de rire des présages tirés du vol de certains oiseaux, du chant de certains autres, et pourtant les Romains des premiers âges — ici à l'imitation des Etrusques — n'ont-ils pas rendu hommage par là même à ce mystérieux don des ailes qui fait encore aujourd'hui rêver nos poëtes et philosopher nos penseurs !

Il faut avoir éprouvé les ardeurs du soleil de l'Italie pour comprendre quelle place importante les sources et les rivières occupent dans cette religion primitive. (Voy. e. a. Preller 506-524.) Il sera question plus loin des lacs et de la mer, mais dans cette première époque Neptune est à peine honoré, et le *Poseidon* grec n'aura pas de peine à l'absorber. Par une opposition très naturelle chez un peuple qui ne devint jamais maritime, malgré son commerce étendu et sa position géographique, les sources et les rivières sont littéralement sacrées.

Dans la source, le Romain voit un *numen,* car c'est là que jaillit vivante une des forces bienfaisantes de la nature ; c'est aussi un symbole du don de purification. Il était défendu de s'y baigner ou d'en troubler l'onde. Souvent ces sources étaient entourées d'un bois sacré, ornées de grottes naturelles ou artificielles ; c'est auprès d'une d'elles que la nymphe Egérie se révélait à Numa ; Egérie n'était même qu'une des principales divinités des sources, de là son don d'inspiration, de purification, de là aussi son pouvoir de faciliter les enfantements.

Les rivières sont consacrées tantôt à un dieu, tantôt à une déesse. Les Romains d'alors ne connaissaient pas encore les grands fleuves du nord de l'Italie ; ils n'avaient aucune idée du Rhin, ni du Danube, ni du Nil. Leur principal fleuve, le Tibre, est une espèce de torrent que le patriotisme seul a pu trouver majestueux et dont la couleur jaune sale est renommée dans le monde entier. Néanmoins le Tibre eut son Dieu, ainsi que chacun de ses affluents, ainsi que chaque rivière et presque chaque ruisseau ; c'est que cette eau qui fuit, toujours renouvelée, cette rivière toujours la même quoique différente, cette apparence de vie, ce mouvement et ce bruit au sein de la nature immobile, tout cela devait parlèr à l'imagination de peuples jeunes, si peu poétiques qu'on les suppose. Puis les fleuves sont utiles de tant de façons, et le caractère romain admire tout ce qui est utile.

En tenant compte de ce qui précède, on s'étonnera moins du bizarre scrupule qui poussait les Romains primitifs à ne construire un pont à travers une rivière qu'après un certain nombre d'auspices et de cérémonies religieuses, car à leurs yeux c'était s'arroger le droit d'assujettir l'élément liquide. Ainsi s'explique le nom et les fonctions primitives des pontifes, (*pontifices*). Longtemps Rome n'eut qu'un seul pont, le *Pons Sublicius*, et aucune pièce de fer, toujours pour les mêmes scrupules, ne devait entrer dans sa construction.

L'antiquité du culte du Tibre est attestée par plusieurs passages de l'Enéide, entr'autres au début du L. VIII. Parmi ses affluents, l'Anio était particulièrement vénéré, personnifié par la Sibylle Albunéenne (*Sibylla Albunea*) près de Tibur, chantée plus tard par Horace. Dans le Numicius, particulièrement consacré à Vesta et aux Pénates, Enée avait disparu métamorphosé en divinité. Le Volturnus, le fleuve de Capoue, était en si haute estime que son culte fut transporté à Rome après la destruction de Capoue (211 avant Jésus-Christ). Ces rapides exemples suffiront à montrer que le Tibre n'était pas adoré seulement parce qu'il avait le privilége de couler à Rome et l'habitude de l'inonder de temps à autre.

Presque au même titre que l'eau, le feu avait droit à la vénération, surtout dans un pays où l'activité volcanique avait laissé tant de traces et devait plus tard, au pied du Vésuve, immortaliser la petite ville de Pompéï. Il y a en effet de nombreux exemples de sources thermales entourées d'un effroi religieux, entr'autres près du lac sauvage d'Amsanctum, dans le pays montagneux des rudes Hirpins, fameux par ses vapeurs sulfureuses et décrit dans l'Enéide (VII, 563-572) comme une des entrées des Enfers. Mais comme, dans cette religion primitive, c'est le rôle industriel qui domine dans Vulcain, et celui de déesse purificatrice et de déesse du foyer dans Vesta, je ne puis m'y arrêter.

Les fêtes religieuses ont pour but de rappeler tout particulièrement dans certains jours solennels ce qu'on est porté à oublier quand rien ne vous y rend attentif. A ce compte, le sentiment de la nature des Romains d'alors devait être fréquemment
mis en éveil, car ils avaient une douzaine de fêtes plus ou moins
agricoles ; cependant ne confondons pas l'agriculture avec l'a-
mour de la nature, ni les fêtes somptueuses et déréglées des
temps postérieurs (comme les Saturnales, les *Cerealia*, les *Flo-
ralia*) avec les solennités des temps primitifs. Contentons-nous
d'indiquer rapidement ces dernières. Les *Feriæ sementivæ*, en
automne, indiquent le commencement du cycle agricole ; les
Paganalia, en janvier, célèbrent le repos provisoire de la campagne et de ses habitants ; c'est une fête éminemment rustique,
comme son nom l'indique. On implore la bénédiction de diverses divinités sur la semence qui dort dans le sol. Les *Hordicidia*,
en avril, sont caractérisées par le sacrifice de génisses qui portent déjà. En été, viennent les fêtes des moissons, précédées
d'une série de sacrifices préliminaires.

Quelques détails sur deux fêtes seulement qui n'ont pas un
cachet aussi pratiquement agricole, et qui par là même rendent
mieux hommage au sentiment de la nature ; je veux parler des
Lupercales et surtout de la fête des Frères Arvales.

Les Lupercales, le 15 février, correspondent pour l'époque
à notre carnaval. C'est la fête de Faunus et de Fauna, deux
divinités qui symbolisent avant tout les forces fécondantes de
la nature, chez l'homme et les animaux encore plus que dans
le règne végétal. Faunus est le Pan italique, avec lequel il s'est
peu à peu identifié. Les Lupercales, dont on connaît les bizarres
usages au milieu des rues de Rome, conservées jusqu'à une
époque assez tardive, avaient lieu à l'époque où les forces de
la nature se réveillent de leur engourdissement, car elles ont
un double caractère (qui nous semble peu compatible aujour-
d'hui), celui de la purification et celui de la fécondation. Il va
sans dire qu'il s'y joignit bientôt un troisième caractère, celui
de la licence.

Le nom des Frères Arvales indique assez leurs rapports avec
les champs ; ils étaient les prêtres en titre de la *Dea Dia*, une

des figures les plus obscures de l'antique mythologie romaine, probablement identique avec Ops et Cérès. Leur grande fête était à la fin de mai, lors des premiers fruits mûrs, dans ce bois sacré à quatre milles de Rome dont j'ai parlé plus haut. Elle durait trois jours et présente le modèle le plus parfait d'une complication et d'un formalisme dont le symbole nous échappe aujourd'hui en grande partie. Les purifications, les danses, les prières et surtout les banquets s'y succèdent dans un savant mélange. Toutefois, précisément parce que son but pratique nous échappe, ainsi que le caractère de la Dea Dia, nous sommes portés à y voir un culte plus désintéressé de la force productrice dans la vie végétale.

Même en dehors des jours de fête, le calendrier romain rappelle dans le nom de ses premiers mois la grande crise de la nature. On sait que le mois consacré à Mars fut longtemps le premier à Rome, c'est que Mars n'est pas exclusivement le dieu belliqueux des Sabins, il est aussi un symbole de la fécondité de la nature qui se réveille. Plus tard, le mois consacré à Janus prit la place qu'il a encore aujourd'hui ; Janus avait toute espèce de droits à cet honneur : c'est probablement un ancien dieu du soleil et il mérite de patroner le mois où les jours commencent à s'allonger ; d'ailleurs il est essentiellement le dieu de l'entrée et de la sortie, de l'origine. Quant au *Februarius*, le mois des Lupercales, c'est celui de la purification : la nature, après l'hiver qui rappelle la mort, doit se purifier et se préparer à une vie nouvelle, idée élevée, malheureusement fort compromise dans les Lupercales. La poétique étymologie faisant d'*Aprilis* le mois qui suivant les climats ouvre les bourgeons ou les fleurs, ne semble pas suffisamment prouvée. En revanche, le mois de mai appartient décidément à une antique déesse du printemps, Maia.

Les montagnes et les forêts, les animaux sacrés, les sources et les fleuves, ne sont pas les divinités elles-mêmes, ils n'en sont que le siége, tout au plus la personnification, car la religion primitive de Rome n'est pas un panthéisme oriental. Ces nombreuses fêtes et les noms mêmes du calendrier attestent également l'importance des divinités qui symbolisent quelque force de la nature. Tout nous amènerait donc à parler de ces divinités elles-mêmes.

Toutefois ceci me mènerait trop loin ; mon but, en effet, était de montrer par quels usages le sentiment de la nature s'affirmait dans la religion primitive, et non de caractériser ces divinités elles-mêmes, dont la plupart ont des attributions fort compliquées et demanderaient un examen détaillé. L'énumération suivante n'est donc destinée qu'à montrer le grand nombre et l'importance de ces forces de la nature divinisées.

Dans le premier groupe qui s'offre à nous, celui des dieux célestes et dominants, pour ainsi dire, le dieu le plus italique, c'est Janus, le principe du commencement et de la fin ; or Janus est regardé comme le père des sources, du moins comme le père du dieu *Fons*. Jupiter réside volontiers sur les montagnes (Jup. Latiaris, Apollo Soranus, etc.); comme dieu de la pluie et dieu fécondant, il est en contact avec la nature. Junon, comme *Juno Lucina*, rappelle les clartés de la lune. Minerve et Apollon, plus spécialement helléniques, ne sont presque dans aucun rapport avec la nature : ce sont les seuls parmi les dieux importants. Le nom de Diane est lié à celui de la lune et des forêts. Enfin *Sol* et *Luna*, dont l'individualité n'est pas bien précise, ont un nom assez significatif; réunis ils deviennent à l'époque de l'empire le symbole de l'éternité.

Dans le groupe du Mars sabin les rapports sont bien plus nombreux ; c'est le groupe italique par excellence; il associe les idées de fécondation et de virilité belliqueuse, en même temps qu'il symbolise la grande purification nécessaire au printemps, et qu'il essaie par là de moraliser les penchants naturels.

Mars, comme son nom l'atteste (mar, mas), est avant tout la force virile et productrice, dans toutes les directions possibles; c'est ainsi qu'il devient aussi une des divinités du printemps. Faunus et Fauna symbolisent la fécondité animale, et Sylvanus surtout la vie primitive dans les forêts. La *Bona Dea* est le type le plus mystérieux du principe féminin de la fécondité; sous l'empire ses fêtes devinrent, comme on sait, plus que licencieuses. Enfin vient Palès, tantôt masculin, tantôt féminine, la divinité des rudes bergers montagnards, et nullement, comme elle l'est devenue plus tard, celle des bergers à la Florian.

Dans le groupe de Vénus, c'est encore l'idée de fécondité qui est au premier plan, mais d'ordinaire sous une forme féminine, gracieuse, accompagnée de fleurs et de tous les charmes délicats du printemps et de l'amour, comme dans *Feronia* (l'antique Vénus italique), Flora, Vénus (dans ses innombrables nuances). En revanche, avec Priape, de scandaleuse mémoire, comme dit Ampère, probablement l'ancien Pan des Pélasges, c'est ce même principe dans toute sa crudité indécente.

Viennent les divinités agricoles proprement dites ; ici aussi le principe mâle et le principe féminin vont de compagnie, ainsi *Tellumo* et *Tellus,* Saturne et Ops, *Ceres* et *Liber.* Saturne, le dieu des semailles (*Saëturnus,* attesté par une inscription expliquée par Ritschl) domine tout ce groupe. La faucille est proprement une allusion aux moissons et n'est pas encore la faux du temps, comme lorsqu'il fut confondu avec le *Chronos* grec. La tradition, inépuisable à son endroit, en fit aussi le roi de l'âge d'or ; de là les Saturnales, ce retour burlesque mais profond à la soi-disant égalité primitive. Son culte était si répandu en Italie qu'elle en reçut l'épithète de *Saturnia,* et quand Virgile salue sa terre natale, c'est avec cet éloge tout romain :

> Salve, magna parens frugum, Saturnia tellus
> Magna virum !

Ainsi de quelque côté qu'il se tourne, la religion primitive rappelle à ce Romain que nous regardons comme si prosaïque, le symbolisme multiple de la nature. Elle le lui rappelle, soit qu'il contemple à l'horizon les contours élancés du Soracte et du *Mons Latinus,* soit qu'il passe auprès d'un bois sacré ou qu'il récolte ses figues et ses olives, soit qu'un oiseau traverse l'azur ou fasse retentir son chant épié des augures, soit enfin qu'il s'achemine vers le *Pons Sublicius,* vers l'unique pont que le respect dû aux sources et aux fleuves ait permis de jeter par-dessus les eaux jalouses du *flavus Tiberis.*

§ 2.

La vie agricole du temps de Caton et le sentiment de la nature.

Agriculture et sentiment de la nature ne sont nullement synonymes ; mais le peuple romain étant demeuré longtemps un peuple agricole, il me faut toucher aussi à ce côté pratique de mon sujet. Plusieurs des détails qui suivent restent vrais jusque sous l'empire, mais il est incontestable que cette époque archaïque fut à Rome l'âge d'or de la vraie agriculture, c'est-à-dire, des petits propriétaires fonciers. D'ailleurs ce qui est relatif à l'agriculture se groupe tout naturellement autour de Caton le Censeur, ce type du campagnard homme d'état, âme un peu rude, mais homme loyal et infatigable.

Le nom du vieux Caton est un de ceux qui réveillent en nous un type bien accentué ; chacun voit devant lui ce dernier représentant de l'ancienne civilisation romaine déjà entamée de tout côté par les flots montants de l'hellénisme ; chacun sait qu'il fut « un Romain de la vieille roche, » l'adversaire de l'aristocratie comme des Grecs, en même temps que le fondateur de la prose latine. Il est à remarquer que cette opinion courante reste en gros celle de la science ; c'est même au fond celle de Mommsen, en dépit de ses piquantes boutades contre « ce rude paysan sabin, » « foncièrement borné au point de vue moral et politique. » (1, 813-815.)

Caton n'est pas de ces agriculteurs qui ont vécu toujours aux champs. La longue vie de cet homme de bien fut remplie, d'abord par les guerres contre Annibal (il assista à toutes les batailles, de Trasimène où il avait 17 ans, jusqu'à Zama), puis par les luttes politiques dont sa fameuse censure ne fut que l'apogée. A 85 ans, l'année de sa mort, il accusait encore un adversaire politique.

Ce fut donc dans ses moments perdus qu'écrivit Marcus Porcius Caton ; il n'est pas étonnant qu'avec un caractère de sa trempe, ses écrits furent eux-mêmes des actions. Ce qui surprend davantage, c'est la variété des sujets qui l'ont intéressé. Cette tête carrée avait des instincts d'encyclopédiste : on lui attribue près de 150 discours politiques et judiciaires, un ouvrage historique en sept livres (les *Origines*), plusieurs traités adressés à son fils et destinés à compléter son éducation, enfin son ouvrage sur l'agriculture, *De re rustica*. Tout a disparu, excepté quelques fragments; il n'est resté intact que le *De re rustica*.

A tout prendre, c'est fâcheux pour la réputation de Caton ; si nous ne possédions pas ce petit livre, nous aurions pu nous représenter Caton se détendant à la campagne des luttes peu urbaines du Forum, jouissant à sa façon du spectacle de la nature ; nous aurions pu nous laisser prendre aux éloges si bien sentis de la vie agricole que Cicéron lui met dans la bouche dans son *De senectute* (chap. XV, etc.). Malheureusement quiconque a lu le *De re rustica* de Caton devra convenir, je le crains, qu'il n'y a pas aperçu la plus petite trace de sentiment pour la nature.

Proprement c'est jouer sur les mots que d'appeler le *De re rustica* un livre ; c'est une succession, ordinairement un pêlemêle d'observations, de conseils, de détails relatifs à l'agriculture pratique, sous une forme concise, nette, péremptoire. Il y a beaucoup de sagacité, énormément de renseignements précieux, point de longueurs, ni de phrases, mais rien qui indique de l'âme. D'idées générales, il n'y en a que dans la préface, et encore. Son éloge de l'agriculture roule essentiellement sur ses avantages moraux, opposés aux incertitudes du commerce et à l'improbité de beaucoup d'opérations financières. Caton s'accorde çà et là quelques sentences, mais elles sont d'un prosaïsme tout paysan : « Patrem familias vendacem, non emacem esse oportet. » (§ 2.) Et ailleurs, à propos de l'inconvénient de trop hésiter et de ne jamais agir : « Conserere cogitare non oportet, sed facere oportet. » (§ 3.) Voilà bien Caton !

Il est bon de se souvenir qu'avec Caton nous n'en sommes plus à la charrue idyllique de Cincinnatus. Rome a passé par une rude école, elle a soumis les Italiens, elle a refoulé l'invasion grecque sous Pyrrhus, et surtout elle sort, victorieuse mais épuisée, de son laborieux duel avec Carthage et Annibal. Le sentiment pour la nature était probablement alors à son minimum, comme pendant toute activité qui absorbe toutes les forces. Voilà pour Caton une première et importante circonstance atténuante.

En examinant de plus près ce que devait être l'agriculture à cette époque, on comprend qu'elle rendît moins attentif aux douces impressions de la nature qu'à la lutte monotone et tenace nécessaire pour arracher à la terre ses produits.

Dans l'exploitation agricole telle que la décrit Caton, ce ne sont pas des hommes libres qui travaillent, mais des esclaves. Sur les petites propriétés, leur nombre n'est pas considérable [1]. Leur chef, le *villicus*, l'intendant, n'est lui-même qu'un esclave; par exception et pour l'attacher davantage au sol et à ses devoirs, on lui permet de se marier; Caton le désire même, car cette ménagère, en faisant la cuisine pour tous (et quelle cuisine élémentaire!) permet de réaliser des économies, une des grandes préoccupations de Caton. Voici quelques-uns des conseils caractéristiques qu'il donne à son mari : « Ea te metuat. Facito ne nimium luxuriosa sit. » Remarquez ce dernier trait surtout, pour prévenir les commérages entre voisines : « Vicinas aliasque mulieres quam minimum utatur. » (§ 143.)

Ces esclaves n'étaient pas nés sur le sol, mais, procédé plus économique, achetés à un âge où ils étaient en état de travailler; devenus impropres au travail, par l'âge ou les infirmités, ils étaient revendus, car, pourquoi garder un outil hors de service? Au reste, toujours en vertu du même principe de stricte légalité, ils recevaient une ration plus abondante que le *villicus*, car leur travail était plus pénible. Ils n'étaient enchaînés qu'à la suite d'une faute; plus tard, surtout dans de grandes possessions, on adopta volontiers l'exploitation au moyen d'esclaves enchaînés, et l'*ergastulum* devint partie intégrante d'un train de campagne. Diverses précautions étaient prises pour

---

[1] Pour **200** *jugera* (arpents) de champs, sans arbres, **8** ouvriers; avec arbres, **11** ouvriers; pour **100** jugera de vignes, **14** ouvriers. Caton n'aime pas les à peu près, pas même dans les chiffres.

éviter les complots : les esclaves d'une même nationalité étaient séparés, on cherchait à entretenir entre eux des divisions.

Sans doute, entouré d'esclaves dès sa naissance, le Romain d'alors n'était pas péniblement affecté, comme nous le serions aujourd'hui, à la vue de ces campagnes cultivées par les esclaves. Il serait trop sentimental d'affirmer que l'esclavage lui gâtait la belle nature. Toutefois la surveillance minutieuse et compliquée qu'exigeait ce système d'agriculture n'était pas faite, on en conviendra, pour lui faire goûter dans la vie agricole le charme de la nature. Déjà du temps de Caton, le Romain avait souvent sa *villa urbana* au milieu de ses terres, mais on comprend que ce ne fût pas précisément un séjour d'agrément. Le temps des villas n'était pas encore venu, la vie aux champs était encore synonyme de travail obstiné et peu fructueux.

Ce n'est pas tout ; les petites propriétés étaient en train de disparaître, absorbées par les grands domaines ; de là, diminution de paysans libres qui ne travaillaient qu'avec un ou deux esclaves, et augmentation des intendants et des troupeaux d'esclaves. Cette disparition de la petite propriété est antérieure en effet à l'empire et aux guerres civiles ; les plaintes de Virgile dans les Géorgiques auraient déjà été à demi motivées peu après Caton, c'est-à-dire après les guerres de Macédoine. Il est très vrai que plus tard ces grands seigneurs romains, à la tête de territoires immenses et de fortunes colossales, embellirent à l'envi leurs domaines ; ainsi surgirent ces villas splendides ou raffinées, ces parcs, ces volières, (les jardins zoologiques d'alors), ces jardins ; ainsi se développa le goût de vivre à la campagne, et par là le sentiment de la nature. Mais dans cette époque de transition, déjà du vivant de Caton et après lui, il est probable au contraire que la lutte des intérêts pécuniaires refoula tout le reste à l'arrière-plan. La parcimonie dans le *De re rustica* n'en est peut-être qu'un reflet.

Les petits propriétaires — et Caton peut être classé parmi eux — purent résister plus longtemps que les simples paysans, car ils se tournèrent vers des cultures plus fructueuses, comme celle de la vigne, de l'huile, comme l'élève du bétail. La vallée du Pô avait la spécialité de fournir de porcs et de jambons une moitié de l'Italie. Les jardins potagers se multiplièrent aussi, et avec raison, car Caton leur donne le second rang, après la vigne, comme productivité. Il est certain que ces rapports plus intelligents avec la nature durent contribuer à la faire juger un peu moins prosaïquement par la masse des cultivateurs.

Ce qui contribua à amener cette crise — l'absorption de la petite propriété par la grande — c'est une question d'économie politique analogue à celle qui agite depuis quelques années les populations agricoles de la France. Le blé des provinces revenait meilleur marché en Italie que le blé italien lui-même ; pourquoi ? non pas que l'agriculture italienne fût en retard, mais parce qu'elle employait moins d'esclaves que les provinces et que le travail de l'esclave d'alors était naturellement fort peu coûteux ; puis surtout parce que ce blé était acheté à vil prix par le gouvernement, ou même exigé des provinces comme dîmes ; enfin parce que le transport par eau du blé étranger était moins coûteux que celui par terre du blé italien éloigné de Rome. La conséquence devait être, et fut en effet un dépérissement de l'agriculture italienne, la diminution de la petite propriété, l'augmentation effrayante du nombre des esclaves, dont le travail est d'autant plus productif pour le maître qu'il l'est moins pour le travailleur [1].

C'est ainsi qu'indirectement, mais sûrement, la concurrence écrasante du blé étranger rendit toujours plus précaire l'existence de l'agriculteur romain, et par là même le rendit moins sensible aux charmes de la nature : on perd la faculté de savourer la vie des champs, quand la sueur de chaque jour suffit à peine à empêcher de mourir de faim.

Ce qui précède explique suffisamment l'absence de sentiment de la nature dans le *De re rustica*. Caton, par son caractère, n'était pas porté à sentir la poésie de la nature, mais avouons

---

[1] Un siècle après environ, sous Sylla, Mommsen évalue approximativement à six ou sept millions la population libre, à treize ou quatorze millions la population esclave. (V. II, 403.)

que son point de vue utilitaire et un peu morose était inspiré
par la crise agricole de son temps.

N'y a-t-il pas contradiction entre ce paragraphe et le précédent? Je ne le pense pas. Le premier raconte la large part
du sentiment de la nature dans la religion primitive; le second
montre combien ce même sentiment dut souffrir des combats
avec la réalité; il suppose une époque postérieure à celle du
premier. D'ailleurs, plus les devoirs de chaque jour étaient
lourds pour l'agriculteur, plus il avait besoin de croire à l'appui des dieux de la nature.

§ 3.

Faibles traces du sentiment de la nature dans les fragments littéraires de l'époque.

Il est toujours périlleux de juger sur quelques fragments
des préoccupations d'une époque; malheureusement c'est ce
qu'il faut faire ici. Les écrivains archaïques où il y aurait le
plus de chances de constater l'impression produite par la nature sont précisément à l'état le plus fragmentaire. Il y a plus
de probabilité de trouver des traces semblables chez les tragiques que chez les comiques, ne fût-ce que par imitation des
Grecs; or nous possédons Térence et une grande partie de
Plaute, mais nous n'avons presque plus rien de Pacuvius ni
d'Attius, pour ne pas parler de Livius Andronicus et d'Ennius.
De même, dans l'épopée et dans l'histoire ces traces seront
plus nombreuses que dans la satire ou dans l'éloquence politique; or, ce qui nous reste de la traduction de l'*Odyssée* de
Livius Andronicus, des *Punica* de Naevius ou même des *Annales* d'Ennius, ainsi que des historiens primitifs, est peu de
chose comparé aux fragments du satirique Lucilius et surtout
des nombreux orateurs latins antérieurs à Cicéron.

D'ailleurs, qui nous garantit que les fragments d'un poëte
ou d'un prosateur rendent vraiment l'esprit de cet écrivain?

Ils ne nous ont été conservés que parce qu'un écrivain posté-
rieur les avait cités à l'appui de telle idée qui le préoccupait,
or, ce qu'on cite le plus souvent, ce sont des paroles qui se
détachent et non des descriptions prolongées. Ainsi, à bien
des égards, les jugements qui se fondent sur de tels fragments
sont peu solides.

Si l'ancienne Rome avait eu des épopées primitives, comme
le pressentait à tort Niebuhr, ou comme Ampère en a donné
d'ingénieux pastiches (entr'autres le *Chant du Vélabre*, I, 346-
352), il est à peu près certain que l'influence de la nature.ainsi
que la religion primitive y seraient sensibles ; mais cette hypothèse est aujourd'hui généralement abandonnée. (Voyez
Bernhardy et Mommsen, *passim ;* Munk I, 35-38.)

C'est même être bien indulgent que de donner le nom d'épopée à la traduction de l'Odyssée par Andronicus. Les capacités
littéraires de cet esclave grec de Tarente dont le nom est en tête
de la littérature romaine, ont été appréciées fort diversement ;
ce qui s'explique par le petit nombre de fragments de son
épopée et de ses tragédies. L'un des rares fragments de son
Odyssée compâtit aux luttes d'un naufragé contre les vagues
de la mer ; il est à noter que la perfidie de l'Océan est restée
un des thèmes favoris des poëtes latins. Je n'aurais pas même
mentionné cette traduction de l'Odyssée, si elle n'était restée
jusqu'à l'enfance d'Horace un livre de classe dans toute la force
du terme. Andronicus avait été lui-même maître d'école. Ainsi
cette imitation d'Homère, si naïve ou si maladroite qu'on la
suppose, dut amener les petits Romains à comprendre la nature, sinon comme Homère, du moins comme son traducteur.

Il y aurait lieu à s'arrêter plus longuement sur les *Punica* de
Naevius, le premier poëte épique vraiment romain, si les fragments n'en étaient pas si peu productifs pour notre but spécial.
Naevius est un vrai poëte et un vrai patriote. Ce n'est plus un
esclave libéré, c'est un guerrier romain qui a fait la première
guerre punique, qui a été mis en prison, puis banni de Rome
pour son opposition contre l'aristocratie et qui est mort dans
l'exil. Il conçut un plan doublement audacieux à son époque,
celui de faire une épopée de cette première guerre punique à

laquelle il avait pris part ; mais il paie son tribut à l'imitation
grecque en reprenant les choses de haut, comme plus tard
Virgile, en faisant venir Enée de Troie, s'arrêter auprès de
Didon, etc., etc. Quoique les *Punica* aient été comparées par
Mommsen aux chroniques rimées du moyen âge, les fragments
qui nous en restent attestent mieux que cela. On peut présu-
mer, sans se hasarder beaucoup, que la mer, les orages, les
combats maritimes ont dû avoir leur place dans les *Punica,*
surtout dans le L. III, qui chante la victoire navale de Duilius.

Ennius est resté le nom le plus populaire de l'ancienne littérature. Il fut le Malherbe de la poésie latine, mais un Malherbe qui écrivait beaucoup et qui imitait systématiquement
les Grecs. Non content d'être le réformateur de la prosodie en
substituant l'hexamètre au vieux mètre saturnin, d'être celui
de la langue poétique de façon à annoncer quelquefois Lucrèce
et Virgile, il entreprit de donner simultanément à Rome une
épopée nationale, des tragédies, des comédies, des satires et
divers traités didactiques ou même philosophiques. C'était trop
pour ses forces.

S'il a trop imité Homère, il n'y a pas lieu de s'en étonner,
car il croyait sérieusement que l'âme d'Homère avait passé en
lui. Ses *Annales* ont pour une épopée le défaut indiqué par
leur nom ; il reste des 18 livres des *Annales* des fragments
assez nombreux pour qu'on puisse en citer trois ou quatre relatifs à la nature, mais pas assez caractéristiques pour permettre d'apprécier Ennius à cet égard-là.

Dans le livre I, une vingtaine de vers nous montrent Romulus et Rémus occupés à consulter le ciel pour savoir lequel
donnera son nom à Rome et y sera le maître. Une foule agitée
attend l'issue ; longtemps aucun oiseau augural ne paraît. La
nuit s'écoule, semble-t-il. Enfin, au moment du lever du soleil,
le ciel se prononce pour Romulus :

> Et simul ex alto longe pulcherrima præpes
> Læva volavit avis ; simul aureus exoritur sol.
> (Edit. de Vahlen, frag. 57.)

Ce soleil d'or, dont l'apparition coïncide avec le lever de

l'astre de Rome, voilà un rapprochement vraiment poétique, patriotique et sobrement indiqué [1].

Dans le livre VII, quand Pyrrhus après sa victoire veut faire brûler les cadavres, cinq vers décrivent les grands abattis de bois dans les forêts, mais ce sont de ces vers comme on en rencontre plus tard par douzaines, par centaines, et dont le principal mérite gît dans l'onomatopée. J'en dirais à peu près autant de quelques vers du livre 14 à propos des flots de la mer fendus par la flotte romaine, s'il ne s'y trouvait une préoccupation évidente et assez heureuse de rendre les reflets variés de l'eau de mer (*placidum mare marmore flavo,* et tout de suite après, *cœruleum spumat*).

Dans son poëme à l'éloge de son protecteur Scipion, également réduit à l'état de fragment, je trouve une expression heureuse pour caractériser le silence de la nuit. Je passe sur les coursiers de Neptune qui se reposent, c'est une imitation hellénique devenue banale par l'usage, mais je relève ces trois mots plus simples et plus poétiques : *arbores vento vacant.* Quand, au bord de la mer, aucun souffle ne fait trembler le feuillage, la nuit semble en effet doublement silencieuse.

Parmi les écrits spéciaux d'Ennius, il y en a un, l'*Epicharmus,* qui contenait ses vues sur la philosophie de la nature; il est perdu, mais le fait qu'il a existé montre qu'à certains égards Ennius est un précurseur de Lucrèce.

Passons aux fragments tragiques de cette époque. Il est superflu de rappeler pourquoi les personnages tragiques sentent mieux la nature que ceux d'une comédie. Sans doute la passion, dans sa période de lutte ou d'effervescence, ignore la nature; mais viennent l'isolement ou la douleur prolongée, et l'âme cherchera de la sympathie au dehors ; froissée ou mal comprise par les hommes, elle la cherchera dans la nature. Il ne faut pas demander à la tragédie ancienne ce sentiment-là

---

[1] Quelques vers plus haut, il est question d'un *sol albus* qui disparaît *in infera noctis.* Ce *sol albus* est fort embarrassant; si c'est la lune, comme le croit Vahlen, l'expression est originale mais déplacée ici, car la lune qui se couche n'est jamais ni blanche ni pâle ; si c'est le soleil, comme le traduit Munk (pag. 112), la difficulté est analogue.

avec la richesse et la finesse d'analyse de nos tragédies modernes, surtout du drame anglais et allemand, mais il se trouve
déjà dans le drame grec, du moins dans Sophocle et Euripide.
Seulement c'est le chœur qui se charge d'indiquer le contraste
ou le rapprochement, quelquefois les deux à la fois, comme
dans le fameux chœur d'Oedipe à Colone, qui célèbre l'éclat
de la nature autour du bosquet sacré des Euménides, au moment où s'en approche Oedipe, le vieillard encore chargé de
malédiction, mais sur le point d'être réconcilié avec les dieux.

Les anciennes tragédies romaines étant presque toutes imi-
tées du grec, à part les *tragœdiæ prætextæ*, il était équitable
de rappeler ici l'influence hellénique. Il reste des titres nombreux, mais de rares lambeaux des tragédies de Livius Andronicus (une 40e de vers), de Nævius (70 vers) et d'Ennius (400
vers, mais fort décousus); ayant déjà rendu justice à ce dernier, je ne cite de lui que ce vers vraiment pittoresque de la
Mélanippa :

Lumine sic tremulo terra et cava cærula candent.

Il s'agit sans doute de la lumière vacillante des étoiles ou de la
lune, mais comme cette tragédie est imitée d'Euripide, la
paternité de ce vers pourrait être discutée, aussi je n'insiste
pas.

Pacuvius et surtout Attius nous amènent aux limites de notre
première période, mais l'archaïsme de leur langue et leur caractère fragmentaire les rattachent aux précédents.

Pacuvius, le neveu d'Ennius et surnommé le docte vieillard,
était en même temps peintre et poète, ce qui était plus rare
alors qu'aujourd'hui. Il mourut à 90 ans, l'an 130 avant Jésus-
Christ. A l'inverse de ses prédécesseurs, il n'écrivit que des
tragédies, dont il reste une 20e de titres et 445 vers environ
(édit. de Ribbeck). Il ne peut être question naturellement de
le caractériser, quoiqu'il ait été trop souvent rabaissé, à mon
avis, à l'avantage d'Attius. A mon point de vue spécial, je ne
relève que deux côtés de son talent. Pacuvius, écrivain analy-
tique et un peu pédantesque, se laisse entraîner à des descriptions trop travaillées, et surtout où l'on sent trop l'intention de

faire une description. C'est le cas, par exemple, de certaine énigme qui doit signifier une tortue.

J'en dirais presque autant de cette description en six vers d'un orage, conservée par Cicéron, *De orat.* III, 39 :

> Interea prope jam occidente sole inhorrescit mare,
> Tenebræ conduplicantur, noctisque et nimbum occæcat nigror, etc., etc.

Il y a là de la vigueur, mais il y a aussi en germe cette désas-treuse manie de description qui tue le sentiment de la nature au lieu de l'éveiller, et qui a fait de la poésie descriptive un des types du genre ennuyeux.

Il y a mieux dans Pacuvius, il y a une préoccupation très vive de la philosophie de la nature. Ne croirait-on pas enten-dre Lucrèce dans ces vers hardiment panthéistes du Chrysès :

> Sepelit recipitque in sese omnia, omniumque idem est pater,
> Indidemque eadem exoriuntur de integro atque eodem occidunt.

(Cic. De div. I, 57.)

Il serait facile de citer d'autres vers analogues, ce qui nous permet de voir en Pacuvius, malgré ses descriptions qu'on peut imputer à son habitude de manier le pinceau, une âme fortement impressionnée par le mystérieux de la nature.

Attius, le seul auteur de tragédies nationales dignes de ce nom (*tragœdia prætextæ*), mourut juste à la fin de notre pre-mière époque, l'an 84 avant Jésus-Christ. Il mérite le premier rang, soit par l'élévation de son langage, moins compassé que celui de Pacuvius, soit par l'originalité de ses tragédies natio-nales, malheureusement trop rares (le *Brutus* et les *Aeneadæ*). Ce fut le dernier mot de la tragédie romaine. Malheureusement, malgré les 700 vers qui nous restent d'Attius, le sentiment de la nature n'y laisse presque point de traces. Comme description, avec les qualités et les défauts de l'école descriptive, je ne trouve à citer qu'un seul exemple saillant, c'est dans les *Ar-gonautes*, une douzaine de vers où un jeune berger qui n'a ja-mais vu de vaisseau cherche à expliquer par des comparaisons la marche d'un navire à travers les flots; mais ce pâtre a à la

bouche des expressions qui rappellent un peu trop Apollonius
de Rhodes :

> Ita dum interruptum credas nimbum volvier
> Dum quod sublime ventis expulsum rapi
> Saxum, etc.
>
> (*Cic. De nat. deor.* II, 35.)

Je préfère beaucoup dans l'*Oenomaus* ces quelques vers où
l'on voit les campagnards se lever avant la chaleur du jour
pour faucher leur blé encore humide de rosée :

> Forte ante auroram, radiorum ardentum indicem
> Cum e somno in segetem agrestis corintos cient
> Ut rorulentas terras ferro rufidas
> Proscindant.
>
> (*Non.* 395, 22.)

Voilà qui permet d'attribuer à l'auteur du Brutus un certain
sens pour la nature. Dans le Brutus même, à propos du songe
prophétique de Tarquin, dans ce soleil qui va d'occident en
orient, on trouve une nouvelle trace de l'importance des présages de la nature chez les Romains.

Je n'ai point cherché de traces du sentiment de la nature
dans les fragments nombreux des comiques, ni même dans les
comédies de Plaute et de Térence, on comprend pourquoi : ce
laborieux dépouillement n'eût amené que d'insignifiants résultats. La comédie latine ne fait intervenir, comme celle d'Aris-
tophane, ni les animaux, ni la nature; elle n'a point de chœur
des oiseaux ni des grenouilles, et la scène ne s'y passe jamais
dans les nuées. Même dans les Atellanes de Pomponius, dont
les titres transportent si souvent dans la vie des champs (la
vache, l'*âne*, le *laboureur*, le *paysan*, etc.), il n'y a de champêtre qu'une rudesse campagnarde qui n'a absolument aucun
rapport avec le sentiment de la nature. Je crois que dans Térence, ouvert aux impressions un peu mélancoliques, on trouverait une veine plus abondante, mais il n'entre pas dans mon
but d'indiquer tout ce qu'on peut trouver dans tous les auteurs
latins.

Pour les mêmes raisons, je ne citerais pas même le satirique
Lucilius, l'ami de Scipion et de Lælius, dont la valeur, à en
juger d'après ses fragments, me semble avoir été surfaite, si

l'une de ses satires ne roulait sur un voyage analogue à celui d'Horace de Rome à Brindes ; mais dans les quelques vers qui nous restent de ce récit de voyage, il n'y a pas un mot sur la nature (on peut, il est vrai, en dire autant du récit d'Horace). Malgré sa tendresse subite pour l'oseille :

O lapathe, ut jactere necesse est, cognitus cui sis !

et qui rappelle l'enthousiasme de Caton pour les vertus universelles du chou, Lucilius est trop exclusivement satirique pour regarder autre chose que les hommes et leurs travers.

Comme les fragments des orateurs et des historiens antérieurs à Cicéron sont, pour ainsi dire, muets sur le sujet qui nous occupe, cette revue rapide de la première période est terminée. Je me suis arrêté plus longuement sur des fragments que je ne pourrai le faire plus tard sur des ouvrages entiers, parce que l'importance des commencements d'une littérature ne doit pas se mesurer à l'étendue des fragments. D'ailleurs, au premier printemps, on s'arrête devant chaque bourgeon. Néanmoins c'est une maigre moisson celle que j'ai laborieusement glanée. Il serait téméraire de vouloir dire ce qu'elle serait, si, au lieu de fragments, nous avions des ouvrages entiers ; mais ce qui précède autorise, je crois, à cette conclusion, c'est que pour rendre justice au sentiment de la nature d'alors, il faut chercher son rôle dans la religion primitive. Le sentiment de la nature, s'il est permis de s'exprimer ainsi, était encore condensé dans la religion, il n'avait pas encore imprégné la littérature de son bienfaisant parfum.

DEUXIÈME PÉRIODE

LES TEMPS DE CICÉRON ET D'AUGUSTE

OUVRAGES CONSULTÉS : *Humboldt*, Cosmos, tom. II. — *Motz*, Ueber die Empfindung der Naturschönheit bei den Alten. — *Bernhardy*, *Munk* et *Pierron*, passim. — *Friedlænder*, Sittengeschichte Rom's, tom. II. — *D. C. Müller*, Rom's Campagna, 2 vol. (1824). — *J. Hornung*, Quelques idées sur la place qu'a occupée la nature dans la poésie. — Introduction et poésie indienne, Biblioth. univ. 1847. — *E. Gebhart*, D^r ès-lettres, Histoire du sentiment poétique de la nature dans l'antiquité grecque et romaine (202 pages), Paris 1860.

§ 1.

Diverses influences qui ont développé le sentiment de la nature. — (Influence hellénique. — Situation politique. — Villas. — Voyages.)

Les fragments font place aux ouvrages entiers; l'étude des écrivains eux-mêmes s'avance au premier plan ; mais ici encore le sentiment de la nature dans les écrivains romains n'est pas à identifier avec le sentiment de la nature chez les Romains. Il importe d'indiquer les diverses influences qui ont dû modifier ce sentiment au temps de Cicéron et d'Auguste.

Les fragments de l'époque précédente ont montré l'influence hellénique dès Livius Andronicus, le traducteur de l'Odyssée ; cette imitation fut même plus visible dans les détails, alors que plus tard ; c'est le propre d'un débutant de copier une tragédie, une épopée, d'en utiliser le plan ou même certains extraits, plutôt que de s'en inspirer. Mais pour que le grand courant hellénique vînt modifier la civilisation romaine, il fallait que la connaissance de la langue grecque fût plus répandue et tenue en plus haute estime que du temps de Térence et de Lucilius; il ne suffisait pas que la Grèce fût conquise, il fallait que les guerres civiles et la chute de la république jetassent en grand nombre, à Rome, des Grecs et non plus seulement des *Græculi;* en Grèce, des Romains cultivés de tous les partis, au lieu de généraux avides et de négociants peu artistiques. Voilà pourquoi le sentiment de la nature, tel qu'il était familier aux Grecs, ne se révéla vraiment au public romain qu'aux temps de Cicéron et d'Auguste.

Il ne peut être question, je l'ai déjà dit ailleurs, d'examiner ce que fut ce sentiment en Grèce. Il est probable que ce qui touchait les Grecs dans les beautés de la nature, c'était moins la nature que la beauté, à l'inverse de nous autres modernes. Pour sympathiser avec la nature, précisément parce qu'elle est la nature, il faut s'en sentir plus séparés que ne l'étaient les Grecs. Puis la mythologie grecque, qui vivifiait beaucoup plus que la religion romaine ses personnifications de la nature, avait l'inconvénient de condenser en un seul point le charme poétique qui flotte sur tous les objets de la nature : « la divinité absorbait en elle le paysage, » parole qui est vraie aussi bien du charme poétique que du prestige religieux. Néanmoins, se familiariser avec les impressions helléniques sur la nature, c'était un progrès très considérable pour les Romains d'alors.

Cela aurait été le cas surtout, s'ils avaient su puiser directement dans Homère, dans les tragiques, dans Sappho et Alcman, dans Platon et Aristote, au lieu de les étudier à travers l'école d'Alexandrie.

On a abusé du droit de chercher tout au monde dans Homère comme dans Shakespeare, y compris un sentiment de la nature aussi vif et aussi fin que celui des modernes, mais Schiller a été injuste en disant à propos des Grecs, évidemment à l'adresse d'Homère, que dans la description de la nature « son cœur n'avait pas plus de part que dans celle d'un vêtement, d'un bouclier, d'une armure. » Sous ce rapport-là,

comme sous tant d'autres, les poésies homériques [1] sont bien
au-dessus d'Hésiode, dont le sujet (soit dans les *travaux et les
jours,* soit même dans la théogonie) aurait pu lui inspirer pour
la nature une sympathie moins utilitaire.

Si Homère a été exploité — le terme n'est pas poétique, mais
il est exact — par tant de poëtes latins, Virgile en tête, les tragiques grecs, du moins Sophocle et Euripide, méritaient encore
bien plus l'attention des Romains, même comme initiation au
sentiment de la nature. Voyez, par exemple, les adieux d'Ajax à
la nature [2] qu'on a même rapprochés du fameux monologue de
Jeanne Darc dans Schiller ; voyez l'affection de Philoctète pour
son île déserte [3]. J'ai déjà fait allusion à divers chœurs de l'Oedipe à Colone. Dans Euripide, c'est principalement le chœur
qui traduit le langage mystérieux de la nature ; ainsi un des
chœurs d'Hippolyte exprime des aspirations presque modernes
vers la nature idéale, à l'abri de toute douleur ; un autre chœur
voudrait avoir les ailes de l'oiseau ; à plusieurs reprises, l'éclat
du soleil levant est poétiquement rendu [4].

Comme de juste, ce sont surtout les poésies lyriques qui auraient pu servir de modèle à cet égard aux Romains, moins les
chants de Pindare que les poésies anacréontiques, celles d'Alcman et surtout de Sappho [5]. L'âme tendre et passionnée de l'in-
fortunée Lesbienne était particulièrement propre à sentir la
nature à la moderne, et il est à regretter que Catulle, qui l'a
souvent imitée, ne s'en soit pas inspiré à cet égard.

Même dans les prosateurs grecs, il y a de fort belles échap-
pées sur la nature. Pour ne pas parler des philosophes exclusivement philosophes, ne citons que Platon et Aristote. Indépendamment de plusieurs fraîches descriptions dans ses dialogues
(entr'autres Phædrus, pag. 240), Platon, élevant les yeux vers
le ciel étoilé, s'enthousiasme pour l'harmonie divine des sphè-

---

[1] Voyez en particulier les hymnes homériques, comme le fait remarquer Motz,
pag. 53. M. Barbezat (*Bibliothèque universelle,* mai 1851) donne à cet égard
des exemples concluants. (Pag. 9.)

[2] Voy. 412-427 ; 856-65 ; voyez Motz, pag. 81.

[3] Voy. Motz, pag. 82 ; — brochure de M. Barbezat, pag. 32.

[4] Voy. Motz, pag. 102 ; — Barbezat, pag. 19 et 20.

[5] Voy. Motz, pag. 76 ; — Barbezat, pag. 14.

res célestes, cette hypothèse plus poétique que scientifique propre au monde hellénique ; Aristote, le plus exact observateur de toute l'antiquité dans le domaine des sciences naturelles, n'avait point laissé s'éteindre sous l'amas de ses observations le précieux flambeau de l'admiration. Cicéron (*De nat. deor.* II, 37) cite un remarquable fragment où Aristote suppose des êtres apercevant pour la première fois la terre et le ciel, et rendant hommage à l'existence de la divinité. Le nom même de *Cosmos*, immortalisé de nos jours par Alexandre de Humboldt, devait rappeler aux Romains que pour les Grecs l'univers était un tout harmonieusement organisé. Ainsi, à l'école de la Grèce, Rome pouvait apprendre à comprendre et à admirer la nature mieux qu'elle ne l'avait fait jusqu'alors.

Malheureusement l'école d'Alexandrie était historiquement et littérairement sur le chemin de Rome à Athènes. On a exagéré l'influence de cette école sur les poëtes de l'âge d'Auguste ; selon Bernhardy (note 191 de la troisième édition), elle consista plutôt à leur faire voir leurs modèles grecs à travers la lunette des Alexandrins. N'importe, c'était déjà trop, et il est fâcheux que ce soit justement du temps de Cicéron et d'Auguste que cette imitation s'introduisît ; Lucrèce est le dernier, avec Tibulle, qui ait été épargné par cette épidémie ; elle atteignit, quoique inégalement, Virgile, Horace, Catulle, Properce et Ovide.

La nature était-elle donc en blanc dans la littérature alexandrine ? Au contraire, les descriptions de la nature y foisonnent, mais le sentiment de la nature y est rare. Décrire minutieusement une foule d'animaux, peindre avec des couleurs ordinairement exagérées une certaine quantité de paysages à effet, d'orages, d'incendies, de forêts, de bouleversements de toute espèce, voilà quel semble leur idéal en fait de sentiment de la nature. Le type du genre, c'est les quarante-huit livres des *Dionysiaca* de l'Egyptien Nonnus.

D'ailleurs, fût-il même possible de faire abstraction de l'influence alexandrine, c'est toujours un malheur de ne voir la nature que par les yeux de quelque devancier. Sans doute, là comme ailleurs, nous sommes moins originaux que nous ne le pensons; qu'on se rappelle, par exemple, combien fut persistante la mode de sentir l'Italie à la Châteaubriand en France, à la Gœthe en Allemagne, à la Byron en Angleterre. Ce qui fait contre-poids et sauve notre originalité, c'est l'abondance même des guides dans toutes les directions possibles. Les Romains n'avaient pas cet avantage. Seraient-ils arrivés, sans les Grecs, à sentir la poésie de la nature? C'est extrêmement probable, seulement il leur aurait fallu plus de temps.

Ainsi, quand on vante à cet égard l'influence hellénique, il ne faut pas oublier de faire la part des inconvénients de l'école alexandrine, ainsi que de ceux inséparables de toute imitation.

La situation politique eut une influence pour le moins aussi considérable. Les excès de la licence et ceux du pouvoir absolu ont un résultat commun, celui de faire fuir les grandes villes et de faire apprécier la campagne. Pendant les guerres civiles, de Marius et Sylla jusqu'aux dernières proscriptions d'Auguste, il dut se trouver un nombre toujours croissant de gens riches, patriciens, chevaliers ou simples financiers, qui désiraient rester neutres, se souvenant que les vainqueurs de la veille devenaient souvent les vaincus du lendemain; or la neutralité, si elle était possible, l'était à la campagne plutôt qu'à Rome. A coup sûr, ce n'était ni le patriotisme, ni même l'amour des champs qui les poussait, mais une fois dans leurs terres, ils bâtissaient, ils embellissaient, ils s'attachaient. Cicéron lui-même, quoique fort opposé à ce parti épicurien des Lucullus et des Hortensius, se réfugia plus d'une fois dans une de ses villas pour laisser passer l'orage [1].

Les quarante-quatre années entre la bataille d'Actium et la mort d'Auguste n'étaient pas faites pour diminuer le goût de la vie des champs. César déjà avait favorisé l'agriculture, Auguste fit de même et il put le faire avec plus de succès, grâce à son long règne. Ce n'était que justice, car tous deux avaient contribué à sa ruine par leurs distributions de terres à leurs vétérans, qui ne devenaient pas en un jour de patients laboureurs pour avoir échangé le fer de l'épée contre celui de la

---

[1] Voyez l'instructif et spirituel ouvrage de M. Gaston Boissier sur *Cicéron et ses amis*. (Paris, 1865.)

pelle et de la charrue. Auguste avait déjà découvert cette profonde vérité qu'un pouvoir absolu, outre l'armée, a besoin de
s'appuyer sur les paysans ; et sans vouloir rabaisser les Géorgiques jusqu'à en faire une œuvre de commande, il est permis
d'y voir une œuvre de circonstance, patriotique après tout,
puisque l'amour de Rome était lié à celui de l'agriculture.

Parallèlement à ce courant qui dirigeait vers les champs travailleurs et capitaux, un autre courant y entraînait ou y main-
tenait les riches C'était pour l'ancienne aristocratie républicaine une façon peu dangereuse de bouder le pouvoir. Auguste
lui-même, à l'inverse des fondateurs de dynasties, n'avait point
une cour brillante ; les fêtes, les combats de gladiateurs qu'il
donnait étaient plutôt à l'adresse du peuple que des grands. Il
n'y avait à la cour d'Auguste rien d'équivalent aux bals de
cour ; raison de plus pour la noblesse de prolonger ses villé-
giatures.

Aussi, comme les villas se multiplient! Quoique je compte
revenir plus tard sur leur arrangement intérieur et leurs parcs,
c'est le moment de rendre attentif à leur grand nombre. A
peine est-on sorti de Rome et de ses faubourgs qu'elles commencent. Sans doute il fallait plus de temps à Cicéron pour
aller en litière par la voie Apienne à sa villa de Tusculum, qu'il
n'en faut aujourd'hui au touriste pour parcourir en chemin de
fer l'espace de Rome à Frascati, au pied des collines de Tusculum ; mais la position était magnifique, alors plus encore qu'aujourd'hui, car les deux ou trois lieues de plaine entre Rome et
les monts Albains n'étaient pas mornes et vides comme maintenant ; la voie Apienne elle-même, au lieu d'être exclusivement la voie des tombeaux, était celle des vivants, la *regina
viarum :* les chariots, les litières brillantes, les processions bi-
garrées se pressaient sur cette route dallée en basalte, dont le
peu de largeur frappe tous les touristes. Aussi les collines de
Tusculum étaient le quartier des villas aristocratiques : là ré-
sidaient L. Crassus l'orateur, Lutatius Catulus (dont Cicéron
acheta la villa), Pompée, Hortensius, L. Lucullus, Aemilius
Scaurus, Brutus, etc., etc. [1].

[1] Voir Drumann, tome VI, pag. 890.

Si Tusculum rappelle Cicéron et les grands noms de la chute de la république, Tibur, le Tivoli d'aujourd'hui, rappelle Horace, Mécène et d'autres amis d'Auguste. Les cascades et les ombrages de l'Anio continuent à attirer les Romains qui fuient la *malaria* ou qui cherchent des eaux sulfureuses. Pline le Jeune dit que les bords du Tibre étaient couverts de plus de villas que ceux de tous les autres fleuves réunis ; Pline le Jeune appartient à une époque où les villas avaient encore augmenté, et il n'est pas à l'abri de toute exagération, mais son assertion atteste du moins que les bords du Tibre différaient énormément de ce qu'ils sont aujourd'hui.

Les bords de la mer étaient çà et là littéralement bordés de maisons de campagne ou de palais [1], ainsi le long des plages, maintenant désertes et marécageuses, d'Ostie à Laurentum ; ainsi autour d'Antium (Anzio), où les ruines se prolongent pendant un quart d'heure, et dont plusieurs, par l'effet de l'abaissement du sol, sortent du sein des flots comme une antique cité lacustre, mais en marbre et non sur pilotis ; ainsi et surtout le long du golfe de Naples, autour duquel les bains de Baïes groupaient le grand monde et le demi-monde, encore plus confondus alors qu'aujourd'hui.

Les villas autour des lacs du Nord de l'Italie, surtout sur les presqu'îles qui séparent les deux bras du lac de Côme et les deux golfes du lac de Garde, attestent que la splendeur et l'infini de la mer n'empêchaient pas les Romains de savourer le pittoresque plus reposant des lacs ; on s'étonne cependant de trouver si peu de mention de l'admirable Lac Majeur (L. Verbanus), et aucune, sauf erreur, (au point de vue esthétique) du lac que de nos jours tant de poëtes ont proclamé le plus beau, de notre Léman. Je serais bien étonné qu'aucune villa romaine ne se fût réflétée dans ses ondes ; les riches d'Aventicum n'auraient-ils pas imité ceux de Rome ?

Les villas ne sont qu'une première étape des voyages, et ceux-ci ont contribué, avec l'influence grecque et la situation politique, à développer l'amour de la nature. Il n'y a pas long-

[1] V. Friedlænder, T. II, entre autres pag. 45, 46, 110, 111.

temps que, même en Allemagne, on était encore fort mal renseigné sur ce point : les routes romaines ayant disparu, on croyait ces voyages beaucoup moins nombreux qu'ils ne le furent en réalité, déjà du temps de Cicéron et d'Auguste, et surtout dans les deux ou trois premiers siècles de notre ère. Le second volume de Friedlænder, dans la partie consacrée aux voyages (pag. 1-122), fournit d'abondants renseignements parmi lesquels je glane ce qui peut aider à montrer l'importance de ces voyages pour favoriser le sentiment de la nature.

D'après Friedlænder, jusqu'à l'ère des chemins de fer, les voyages étaient à peine aussi nombreux dans les temps modernes que sous l'empire romain. Non-seulement l'empire jeta des routes dans toutes les directions autour du bassin de la Méditerranée, mais il rendit la sécurité que les guerres civiles avaient fort compromise [1]. Si la rapidité des transports était fort coûteuse pour tous ceux qui ne voyageaient pas aux frais de l'Etat, elle était relativement satisfaisante ; sans doute la poste de l'Etat seule pouvait faire en moyenne 24 milles géographiques par 24 heures ; ce qui retardait les autres voyageurs, c'était la difficulté de trouver de bons relais. Sur mer, les voyages étaient complétement interrompus pendant la mauvaise saison à cause des orages ; on mettait de 9 à 12 jours du golfe de Naples à Alexandrie, en passant par l'île de Crète [2].

Ce qui semble le moins bien organisé, ce sont les auberges, car elles méritent à peine le nom d'hôtels. Elles étaient beaucoup plus fréquentes qu'on ne l'a cru, mais presque dépourvues de confort et ordinairement fort mal famées ; c'est au point que les riches, dont l'escorte formait toute une caravane, préféraient passer la nuit sous une tente mobile ; dans la bonne saison, passe encore, mais les jours de pluie et de froid, surtout dans les montagnes, il me paraît peu probable que ce pis-aller leur suffit. Naturellement, dans les bains à la mode les hôtels plus raffinés ne manquaient pas.

[1] Il s'agit d'une sécurité relative, car nous voyons les empereurs continuellement occupés à poursuivre les brigands ; les environs de Rome n'étaient pas les plus sûrs, ainsi le trajet de nuit de Rome à Tibur (V. entr'autres Properce, III, 16).

[2] Friedlænder, pag. 65.

Ainsi, pour ceux qui voulaient voyager, il y avait possibilité, même facilité. En profitait-on ? Certainement. Le nombre de ceux qui voyageaient comme employés ou pour leurs affaires devait être considérable. Qu'on se représente l'échange continuel d'hommes et de choses entre Rome et les provinces, même des provinces entre elles. Un seul exemple, et qui concerne l'Helvétie romaine : on a trouvé à Thoune une inscription relative à un orfèvre de l'Asie Mineure [1]. Les négociants romains allaient jusqu'à la Baltique pour le commerce de l'ambre ; ils pénétraient jusque dans les Indes, même jusqu'en Chine, et ce dernier point nous est garanti par les documents officiels du Céleste Empire. Toute espèce d'artistes ou de charlatans circulaient d'un bout de l'empire à l'autre, comme en plein XIXe siècle.

Ce qui rentre davantage dans mon sujet, ce sont les voyages des jeunes gens pour achever leur éducation ; Alexandrie et Athènes étaient, en dehors de Rome, les grands centres d'instruction supérieure. Déjà du temps de Cicéron, l'usage était fort répandu d'y envoyer la jeunesse. Cicéron visita dans ce but Athènes et Rhodes ; plus tard il envoya son fils à Athènes ; mais ce dernier, comme on sait, y gaspilla son temps et son argent. Il est à croire que tous les jeunes Romains n'imitaient pas le fils de Cicéron, et que chez plusieurs la vue de pays complétement étrangers développait le sentiment de la nature. On peut en dire presque autant des nombreux voyages entrepris dans un but religieux, aux mystères d'Éleusis, par exemple. Enfin, les voyages de santé pouvaient agir dans le même sens : pour les maladies de poitrine on envoyait en Egypte ou sur mer; on conseillait aussi les bains de mer et les cures de lait à la montagne. Rien de nouveau sous le soleil !

Indépendamment de ces diverses catégories, les touristes proprement dits ne devaient pas manquer parmi les Romains riches et oisifs, mais leurs voyages ne s'écartaient pas de certains pays à la mode, le sud de l'Italie, la Sicile, la Grèce, le littoral de l'Asie Mineure et de l'Egypte, tout au plus une

---

[1] Friedlænder, I, pag. 29. Inscriptions publiées par Mommsen.

portion de la Gaule et de l'Espagne ; en d'autres termes, en
dehors du bassin de la Méditerranée, il était rare de rencontrer des touristes. Même plus tard, alors que la Germanie était
en partie un pays soumis, le même Tacite qui raconte avec tant
de sympathie les mâles usages des anciens Germains, ne pense
pas que cette terre au ciel triste (*asperam cœlo*) puisse attirer
des étrangers. L'Océan Atlantique n'était pas regardé comme
navigable ; en revanche, l'aspect du flux et du reflux, presque
inconnu des riverains de la Méditerranée [1], poussait quelques
touristes jusqu'à *Gades* en Espagne. En tout cas, le spectacle
des plaines de glace ou de neige des pays du Nord était presque inconnu des Romains et ne les frappait pas par son côté
poétique. Quant aux hautes montagnes, aux Alpes, par exemple, nous verrons plus loin le peu de cas qu'ils en faisaient.

Le nord de l'Italie, à part deux ou trois lacs, ainsi que les
Apennins, étaient rarement visités par les touristes : probablement c'était en dehors de l'itinéraire obligé ; celui-ci conduisait, en effet, par la Campanie sur les bords toujours sédui-
sants du golfe de Naples, aux bains de Baïes, à Cumes, au port
de Puteoli, puis au pied du Vésuve. De là on passait en Sicile,
et si l'on faisait quelquefois l'ascension de l'Etna, c'était moins
en sa qualité de haute cime que de volcan. Mais on se hâtait de
s'embarquer pour la Grèce : la Grèce jouait auprès des Romains un rôle analogue à celui de l'Italie auprès de nous ; la
lumière y est déjà plus resplendissante qu'en Italie, et les profondes découpures des côtes y font de la mer un élément essentiel du paysage ; puis la Grèce c'était la terre des souvenirs, on
y trouvait des ruines, lesquelles apportent dans un paysage ce
que la mélancolie ajoute à l'expression de la figure humaine.

En Asie Mineure, les ruines de Troie (*ubi Troja fuit*) étaient
devenues un pèlerinage presque obligé. Grâce à la tradition
d'Enée, déjà populaire avant Virgile, Troie était presque re-
gardée comme le berceau de Rome. Lucain dans sa Pharsale
(IX, 901, etc.) raconte en détail la visite que César doit y avoir

---

[1] Dans les golfes de Trieste et de Venise la marée existe, mais ne dépasse pas
quelques pieds.

faite après la bataille de Pharsale : le fondateur de la nouvelle
Rome sur les ruines de la patrie d'Enée, l'antithèse devait séduire Lucain ! C'est à dessein que j'insiste sur ces ruines dans
les lieux fréquentés par les touristes romains, car si quelque
chose peut éveiller des impressions poétiques, c'est précisément cela. Où serait aujourd'hui le charme de Rome, malgré
tous ses souvenirs, si elle n'avait plus de ruines!

Le pays qui devait étonner le plus les Romains, c'était incon-
testablement l'Egypte. On sait les rapports continuels entre
Rome et Alexandrie, le rôle capital de l'Egypte, ce grenier de
l'Italie pendant les guerres civiles ; en outre, cette nature africaine, ainsi que cette civilisation, comme pétrifiée de toute antiquité, impressionnaient particulièrement les Romains. Ceci
est attesté entr'autres par les plantes et les animaux reproduits
sur les mosaïques romaines. Pour ne parler que du spectacle
de la nature, le fleuve grandiose du Nil devait faire paraître le
Tibre un peu mesquin, et les masses informes et grisâtres des
pyramides, déjà visitées alors, devaient contraster étrangement
avec les colonnades symétriques et les toits aplatis des édifices
grecs ou romains.

Ainsi, si la Grèce et l'Asie Mineure pouvaient faire pressentir
aux Romains la mélancolie des ruines, l'Egypte les familiari-
sait avec un monde nouveau à la fois gigantesque et romanti-
que.

La sympathie pour le pittoresque et le grandiose des montagnes ne s'étant guère développée que dans notre siècle, il n'y a
pas à s'étonner qu'elle manque à l'antiquité classique, à la Grèce
aussi bien qu'à Rome. Friedlænder (II, pag. 113) indique avec
raison le terme de *amœnitas* comme celui qui caractérise le
mieux le sentiment de la nature d'alors; un passage de Quintilien, mis en lumière par le même savant, est en effet très significatif : l'épithète de belles, selon Quintilien, ne convient
qu'aux contrées qui sont voisines de la mer, en plaine ou gracieuses : « speciem, maritimis, planis, amœnis. » (III, 7, 27.)
Voilà qui exclut impitoyablement les hautes montagnes , or
Quintilien n'a guère fait qu'exprimer un peu doctoralement
l'opinion courante. Il est à remarquer que le rôle religieux des

montagnes, relevé à propos de la religion primitive (première partie, chap. I), ne contredit point cette assertion. A l'origine, il entra probablement dans cette consécration religieuse autant d'admiration que d'effroi, mais peu à peu ces sentiments disparurent, ce qui n'empêcha pas les temples de rester debout. C'est l'histoire de tous les formalismes.

Toutefois, et ceci n'a pas été relevé, l'intelligence pour les montagnes augmente à mesure que Rome vieillit. Afin de grouper ensemble tout ce qui touche à ce sujet, voici une énumération rapide mais assez complète. Dans la poésie de l'âge d'Auguste, les sommités neigeuses reviennent quelquefois, mais presque toujours entourées d'effroi[1] ; ainsi, dans la dixième églogue de Virgile, Gallus redoute pour sa maîtresse absente et pour ses pieds délicats les neiges des Alpes et le sol gelé du Nord ; dans le quatrième livre de l'Enéide (247-251), l'Atlas qui perce le ciel de sa cime, dont la tête est voilée de nuages, battue par les vents, dont les épaules sont couvertes de neige, etc., etc., inspire au poëte toute autre chose que l'admiration. Dans Ovide, il n'y a aucun progrès à cet égard, c'est toujours des neiges de l'Atlas qu'il est question, par exemple lors du désastre de Phaëton. Pourquoi toujours l'Atlas, plus ou moins mythologique, au lieu des Alpes ou des Apennins, qu'on avait sous les yeux ?

C'est dans la prose que paraît pour la première fois quelque sympathie pour les montagnes, et cela dans le *De natura deorum* de Cicéron (II , 39) ; il admire, comme faisant partie de l'œuvre divine : « Saxorum asperitates, impendentium montium altitudines. » On se rappelle que la patrie de Cicéron était dans les montagnes, à Arpinum. Tite-Live, nous le verrons, décrit les difficultés du passage d'Annibal à travers les Alpes, et dès lors ce sentiment d'hostilité de la nature contre l'homme est tout à fait à sa place. Sénèque, ne fût-ce que comme stoïcien, se sent plus attiré vers les montagnes ; celles de la Corse ne l'effraient pas ; en se raillant des voyages des

[1] M. Motz cite un passage où domine l'admiration (*Enéide* XII, 701-704), mais c'est probablement le seul.

gens blasés, il nous apprend que les excursions dans les paysages sauvages du Bruttium et de la Lucanie étaient à la mode (*De tranquill. animi*, 11). Tacite n'a guère que quelques mots, assez pittoresques du reste, sur les sommets neigeux du Liban. (*Hist.* V, 6.)

Les poëtes du premier siècle sont plus familiarisés avec les montagnes. Lucain parle mainte fois des Alpes et des Apennins dans sa Pharsale ; de même son rival, l'auteur du *poëme de la guerre civile*, qui essaie deux ou trois descriptions assez bien senties (v. 144-151). Silius Italicus est le poëte d'alors, comme le signalait déjà Humboldt, où les Alpes sont le plus en scène : c'était dans le sujet de son poëme sur la guerre punique. Le passage capital est L. III, 477-500 ; il s'efforce d'abord de décrire les Alpes, mais ses expressions à la fois vagues et exagérées ne valent pas la simple prose de Tite-Live ; puis il montre les soldats d'Annibal aux prises avec ces difficultés (500-556), et là non plus il n'a pas saisi la couleur locale aussi bien que l'historien, né il est vrai presque au pied des Alpes, à Padoue. Tout à la fin de la littérature latine, Claudien raconte le passage à travers le Splügen, mais toujours avec cette impression d'effroi ou de méfiance (*de Bello Getico*, v. 340, etc.).

Quant à l'idée de gravir une sommité uniquement pour jouir de la belle vue, elle semble inconnue aux cerveaux romains, même sous l'empire. Sénèque engage un ami à gravir l'Etna, — ce qui n'était pas rare — mais c'était plutôt par curiosité scientifique. L'empereur Adrien, le plus grand touriste du monde antique, gravit deux fois une montagne pendant la nuit (l'une était l'Etna), à ce que nous apprend Spartien (chap. XIII et XIV), mais c'était poussé par une curiosité presque puérile, une fois pour voir un arc-en-ciel particulier, une autre fois pour voir le lever du soleil avant le troisième chant du coq !

Voilà donc tout ce que la vue des montagnes parvint à inspirer à un peuple dont le territoire tout entier est accidenté, limité au nord par les cimes les plus majestueuses de l'Europe, à un peuple dont les armées et les commerçants passaient à tout moment les Alpes, à travers leurs cols les plus sauvages et les plus pittoresques. Quelle différence avec les Hindous, auxquels l'immensité de l'Himmalaja avait révélé des horizons tout autrement poétiques. L'Himalaja lui-même n'aurait rien appris aux Grecs et aux Romains: il manquait à l'antiquité classique ce sens pour l'infini et le mystérieux de la nature qui est un des titres de gloire de l'Inde.

§ 2

Lucrèce, Virgile, Horace.

Avec Lucrèce nous touchons au poëte le plus original, avec Virgile à l'âme la plus tendre, avec Horace au styliste le plus délicat de la poésie romaine. S'ils sont groupés dans un même chapitre, quoique Lucrèce soit contemporain de César et qu'il soit mort en 55 avant J. C., sans avoir connu Virgile ni Horace, c'est que je tenais à rapprocher la poésie de la nature telle que la comprirent ces trois grands poëtes.

Je viens de dépouiller en entier leurs écrits, notant au fur et à mesure presque tout ce qui se rapporte au sentiment de la nature; de là une masse de matériaux, tant bien que mal groupés en diverses catégories. Il ne peut être question d'en utiliser ici qu'une faible partie; là où je citerai un seul exemple, je pourrais d'ordinaire m'appuyer sur une demi-douzaine. Souvent je les indiquerai en note, pour épargner à d'autres mes recherches.

Depuis quelque temps, en France et en Allemagne, il est presque de mode de donner à Lucrèce la première place dans la poésie latine. J'espère que la mode n'en passera pas. Ce qui attire vers lui, c'est sa sincérité quelquefois brutale, en même temps que son élévation souvent désolée. Ce poëte athée est à beaucoup d'égards le plus spiritualiste des poëtes de Rome, parce que c'est une âme toujours agitée par les grands problèmes de la nature et de la vie. S'il conserve encore des dieux, en contradiction avec son système philosophique, il leur attribue avant tout la sérénité, aveu caractéristique, car c'était ce qui lui manquait le plus à lui-même; mais c'est là précisément sa gloire : il ne fut pas de ces sceptiques rassurés et indifférents. Avec moins de dogmatisme et plus d'esprit (car il est trop ému pour avoir de l'esprit), Lucrèce aurait été le Musset de Rome.

On sait ce que contiennent les 6 Livres du *De Natura rerum* : le système d'Epicure complété par Lucrèce, mis en vers et qui plus est mis en poésie ; là se succèdent les explications les plus étranges, quelquefois des aperçus profonds, sur la nullité des dieux de l'Olympe, sur la formation du monde, sur les perceptions des sens, enfin sur la cosmogonie (L. V) et sur la météorologie (L. VI). Etudier la philosophie de la nature dans Lucrèce serait fort intéressant mais demanderait des travaux longs et compliqués qui à eux seuls rempliraient une dissertation. D'ailleurs, ce serait élargir beaucoup trop mon cadre, que de faire rentrer dans le sentiment de la nature ce qu'on appelle la philosophie de la nature. Dans Lucrèce j'ai donc trouvé pour mon but spécial beaucoup moins qu'on ne serait tenté de le croire, quand on n'en a lu que quelques morceaux choisis ; il est vrai que la qualité compense la quantité.

La vie de Virgile et le développement de son talent sont mieux connus. On ignore si Lucrèce vécut à la campagne, tandis qu'on sait que Virgile, même après avoir quitté Mantoue et le Mincio, préférait la vie rustique à celle des grandes villes. Son extérieur était plutôt celui d'un campagnard un peu gauche que celui d'un courtisan. Ses tout premiers essais sont essentiellement champêtres ; le *Culex* l'est par les personnages, un pâtre et un moucheron ; le *Moretum*, par son singulier sujet, la préparation du mets rustique de ce nom ; la *Copa*, par la scène et les détails : dans une hôtellerie de campagne, une sémillante fille d'auberge invite à entrer, en faisant l'éloge du vin, des fleurs, des fruits, des frais ombrages.

Peu après furent composées les Eglogues. Comme poésie pastorale, elles sont complétement manquées, si l'on entend par là la description de la vie réelle de bergers réels ; mais le but des Eglogues est tout autre, malgré l'imitation assez habituelle de Théocrite. Ces bergers ne sont que des marionnettes destinées à exprimer ce que sentaient dans leur villégiature les Romains cultivés. Comme délicatesse du sentiment de la nature, nous gagnons au change, et comme vérité nous n'y perdons pas grand'chose, car toute pastorale est en elle-même un genre faux. Il faut ajouter que les meilleures sont celles où Virgile puise dans ses propres expériences ; ainsi la première, où, sous le masque de Tityre et de Mélibée, il remercie Auguste qui lui permit, en dépit des proscriptions, de conserver sa petite propriété près d'Andes ; c'est aussi celle où le sentiment de la nature est de beaucoup le plus intime, grâce à ce contraste entre Mélibée, obligé de s'exiler, et Tityre qui continue à jouer de la flûte « patulæ recubans sub tegmine fagi, » et à s'endormir au bourdonnement accoutumé des abeilles. Avec beaucoup de tact, c'est celui qui part (dulcia linquimus arva !) et non celui qui reste, qui analyse le plus délicatement tous les petits bonheurs de la patrie et de la vie pastorale [1].

Pour entreprendre les Géorgiques, c'est-à-dire un poëme didactique sur les travaux de la campagne où l'abondance des détails techniques est poussée bien plus loin qu'on ne le croit généralement, il fallait que Virgile fût soutenu par une affection persistante pour la vie des champs, même dans ses détails les moins poétiques. Il va sans dire que les 4 Livres des Géorgiques, surtout les deux premiers, nous fourniront les plus nombreuses citations, mais ce qu'on ne peut citer, c'est cette tendresse presque moderne (mais non point avec la familiarité caressante des *Poésies allémaniques* de Hebel par exemple) qui illumine jusqu'aux recoins les plus obscurs de la vie agricole. Elle se retrouve dans les 12 Livres de l'Enéïde, et peut-être y est-elle plus frappante encore, car là elle n'est point amenée par le sujet comme dans les Géorgiques. Virgile a eu probablement tort d'écrire une épopée (il le sentait lui-même) : sa vraie force était dans la peinture des caractères et dans sa sympathie inépuisable pour le monde inanimé ; voilà au fond, avec le charme de son style, ce qui fait vivre encore l'Enéïde.

Si Virgile resta fidèle à la nature depuis le *Moretum* et la *Copa* jusqu'à l'Enéïde, il semble qu'Horace ne s'en soit épris qu'en vieillissant, à mesure que ses succès à la cour d'Auguste

[1] Voy. entre autres vers 47-59, 68-80.

et ses nombreuses relations à Rome le familiarisaient avec la gloire et lui faisaient apprécier le calme des champs. Il débute par ses deux Livres de Satires où il est, comme de juste, peu question de la nature; dans les Epodes, publiées à 35 ans environ, il y a progression à cet égard [1]; dans les 4 Livres des Odes, le paysage est d'ordinaire à l'arrière-plan, tandis que dans le 1er Livre des Epîtres, le chantre du vin et des amours faciles, devenu quinquagénaire, se pose résolûment en champion de la vie rustique.

> Urbis amatorem Fuscum salvere jubemus
> Ruris amatorem [2].
>
> (*Ep.* I, 10.)

Ce qui est certain, c'est qu'un grand nombre de ses poésies furent écrites à la campagne. N'avait-il pas le choix entre son *Tibur* et son *Sabinum*? Ce qu'on montre maintenant au touriste, à Tivoli, sous le nom de villa d'Horace, ne lui a jamais appartenu, mais un passage au moins des Odes atteste qu'il avait un pied à terre à Tibur, probablement dans le voisinage de Mécène et d'Auguste :

> Tibur, Argeo positum colono.
> Sit meæ sedes utinam senectæ, etc.
>
> (II, 6 [3].)

Mais sa plus ancienne et quelque temps son unique propriété (Satis beatus unicis Sabinis — Odes II, 18), celle dont il parle si souvent dans les Odes et les Epîtres, c'était le *Sabinum*, situé plus haut, à gauche de la Via Valeria, dans un air moins humide que le *udum Tibur*, dans l'étroit vallon d'Ustica rafraîchi par le ruisseau de la Digentia, par la source cristalline de Bandusia, (O fons Bandusiæ, splendidior vitro ! — Odes III, 13) où les chaleurs étaient tempérées par le voisinage du mont Lucrétile [4]. (Velox amœnum sæpe Lucretilem, etc. — Odes I, 17.)

---

[1] Voy. surtout le *Beatus ille.* (Epode II.)

[2] Voy. *Ep.* I, 10, ad Fuscum Aristium ; 14, ad villicum suum ; 16, ad Quintium; 18, ad Lollium. (vers. 104, 105.)

[3] Voy. aussi, mais plutôt comme description, *Odes* I, 7 ; III, 4.

[4] Comme résumé des discussions sur l'emplacement des villas d'Horace, sur-

Dans la poésie de la nature de chaque poëte, il y a une ou deux notes fondamentales, une tonique pour ainsi dire. Indiquons-la rapidement pour Lucrèce, Virgile et Horace, en laissant aux citations dans les notes le soin de justifier les assertions du texte.

Ce qui préoccupe par-dessus tout Lucrèce, c'est de trouver le pourquoi des mystères de l'univers. Il ne s'arrête, semble-t-il, aux grandes scènes de la nature que parce qu'il veut leur arracher leur secret et non parce qu'elles sont belles. A la longue, cette curiosité passionnée devient une manie et fatigue d'autant plus que ses explications physiques sont souvent détestables au point de vue du XIXe siècle [1]. Mais il faut rendre justice à l'élévation de ce point de vue : jamais poésie romaine ne fut aussi désintéressée. J'admire, semble-t-il dire, mais à condition que je puisse chercher à comprendre. Et alors, dans ce témoignage rendu en passant aux forces destructives ou bienfaisantes de la nature, quelle candeur, quelle énergie ou quelle grâce [2]! Je ne cite qu'un seul exemple. (II, 141-166.) Lucrèce veut prouver la rapidité avec laquelle les atomes se meuvent, et, au milieu de cette démonstration un peu aride, il jette des vers frais et émus comme ceux-ci :

> Et variæ volucres, nemora avia pervolitantes
> Aera per tenerum liquidis loca vocibus opplent,
> Quam subito soleat sol ortus tempore tali
> Convestire sua perfundens omnia luce.
>
> (414-147.)

Lucrèce a beau être épicurien de nom, il lui arrive bien rarement, seulement deux fois sauf erreur [3], de chanter le charme qu'il y a à être mollement couché sous de frais ombrages, au bord d'un ruisseau, et encore est-ce dans le L. II pour opposer

tout du Sabinum, voy. Müller, *Roms Campagna* I, pag. 243, pag. 283-292. Il s'appuie naturellement aussi sur Nibby et sur Capmartin de Chaupy.

[1] Entre autres dans la 1ere moitié du L. VI, sur la formation des nuages, des orages, de la foudre.

[2] Voy. entr'autres I, 895-905 (incendie dans une forêt); II, 113-120 (jeux de lumière); II, 317-322 (agneaux qui pâturent dans le lointain); V, 650-660 (explication scientifique du coucher du soleil et de l'aurore).

[3] II, 24-36, et V, 1389-1400.

la simplicité du bonheur rustique au luxe des palais de Rome.
Voilà un épicuréisme bien pardonnable !

Dans Virgile cet épicuréisme de la nature n'est pas non plus
la note fondamentale. Dans les Géorgiques un vers comme celui-ci :

> Tum somni dulces, densæque in montibus umbræ.
>
> (l, 342)

n'a certes rien d'épicurien quand il vient après des centaines
de vers sur les travaux agricoles. De même le fameux :

> O fortunatos nimium, sua si bona norint
> Agricolas !

suivi de l'éloge des ombrages, des grottes fraîches, des lacs naturels (II, 457-73) est destiné à faire opposition au luxe des riches, absolument comme dans Lucrèce. Il est vrai que, dans
les Eglogues, la nature semble ne s'associer qu'au repos, aux
chalumeaux et aux chants des bergers, et non à leurs occupa-
tions journalières, comme dans Théocrite ; nous les voyons à
tout propos s'étendre mollement à l'ombre et chanter leurs
amours de toute nature, mais rarement courir après leur bétail ; il faut se rappeler que ce sont des chants après les labeurs
du jour ; d'ailleurs, la tension de corps ou d'esprit nécessaire au
travail journalier empêche la contemplation, l'humeur rêveuse,
et celle-ci est indispensable à toute poésie pastorale.

Dans les Géorgiques, le caractère grave et ému de Virgile
était mieux à son aise que dans les Eglogues : la vie des champs
y est comprise avec amour, mais dans tout son sérieux. Elle
doit être une lutte continuelle, voilà l'une des deux inspirations
qui ont donné naissance aux Géorgiques, mais cette lutte est
sans amertume, sans découragement ; on n'y retrouve pas non
plus l'activité sèche et agitée du *De re rustica* de Caton. C'est
une lutte qui améliore à la fois la nature et celui qui la cultive
(curis acuens mortalia corda[1] !), et qui est poétisée de manière
à atténuer le prosaïsme des détails ; s'agit-il d'indiquer par

---

[1] I, 123. Voy. aussi I, 201-204, cette comparaison d'un rameur qui lutte contre
le courant.

exemple que les arbres abandonnés à eux-mêmes redeviennent
sauvages, Virgile s'écrie :

> Scilicet omnibus est labor impendendus, et omnes
> Cogendæ in sulcum, ac multa mercede domandæ....
>   (II, 61, 62.)

Mais la note vraiment fondamentale dans Virgile, c'est cette
sympathie pour ainsi dire moderne pour tout ce qui fait partie
du monde inanimé, jusqu'au brin d'herbe brûlé par le soleil[1].
C'est cette tendresse virgilienne, que la traduction rend fade ou
emphatique, qui rachète tant de défauts dans la poésie de Virgile et qui en fera le charme éternel. Ce don caractéristique du
cygne de Mantoue a été trop souvent relevé pour qu'il soit nécessaire d'insister. Je rappelle seulement que c'est là ce qui
donne de la grâce à tant de détails arides des deux premiers
livres des Géorgiques ; voyez par exemple cet arbre naïvement
heureux d'avoir été greffé[2] :

> Exiit ad cœlum ramis felicibus arbos,
> Miraturque novas frondes et non sua poma.
>   (II, 81, 82.)

Il ne faut pas demander à Horace cette sensibilité un peu
mélancolique et presque maladive. Nous avons vu que la campagne l'attirait ; cherchons pourquoi. C'est d'abord le contraste
bienfaisant entre les tracas de la grande ville et le calme de
son vallon de Tibur et surtout du Sabinum, car à Tibur, Auguste
et Mécène étaient à deux pas, et l'on n'est pas poëte de cour
impunément :

> Hæ *latebræ dulces*, et, jam si credis, amœnæ

dit-il à Quintus (Ep. 16 du L. I), qui voulait savoir de lui ce
que rapportait le Sabinum. C'est aussi, comme dans Lucrèce
et Virgile, le contraste obligé (en partie affaire de mode, alors
comme aujourd'hui) entre le luxe de la ville et la simplicité des
champs. Passe encore pour la simplicité des maisonnettes d'Ho-

---

[1] Voy. I, 107, etc.
[2] Voy. aussi sur les ménagements dans la taille des jeunes plantes, II, 362,
etc.

race qui méritaient à peine le nom de villas ; quant aux villas
des grands de Rome, déjà de Cicéron, on sait ce qu'il faut en
penser comme simplicité rustique. Horace y apportait sa modération et s'y trouvait à l'abri des gros soucis des riches [1].

Il y a plus cependant que cet amour de la nature un peu négatif et inspiré par les ennuis de la ville. Il y a même dans Horace plus que cet épicuréisme raffiné qui n'apprécie à la campagne que des jouissances autres que celles de la ville, des méridiennes sous de frais ombrages, le bruit du ruisseau se mêlant aux chants inspirés par le falerne ou le cécube, les ébats
folâtres et provocants de quelque Lydia rustique, etc., etc. Tout
cela se trouve dans Horace, surtout dans les Odes. A chaque
instant, on y entend des appels à la joie comme ceux-ci :

> Cur non sub alta vel platano vel hac
> Pinu jacentes sic temere, et rosa
>   Canos odorate capillos....
> Potamus uncti. Dissipat Evius
> Curas edaces....
> Quis devium scortum eliciet domu
> Lyden....

>   (II, 11.)

Les derniers vers attestent que les vices de la grande ville
savaient parfaitement s'allier aux plaisirs champêtres. La réputation des bains de Baïes, le grand rendez-vous du demi-monde,
le Bade-Bade romain, ne laisse d'ailleurs aucun doute à cet
égard. A l'éloge d'Horace, ceci soit dit en passant, Baïes ne figure que très rarement dans ses vers. Il ne semble pas y avoir
séjourné [2].

Cependant, je le répète, il y a mieux que cet épicuréisme
dans les poésies les plus importantes pour notre sujet. Là il est
poétiquement tempéré par une affection plus désintéressée,
même par des détails pittoresques sur les travaux agricoles [3].

---

[1] *Odes* III, 16, surtout vers 29-36.
[2] Epîtres I, 1, v. 83-85 ; I, 15, v. 11 et 12.
[3] Voy. comme exemples de cet heureux mélange *Odes* II, 6 ; dans le L. I des
Epîtres, la 10e (ad Fuscum Aristium), la 14e (ad villicum suum), la 16e (ad Quintium.)

Je ne puis m'arrêter que sur le *Beatus ille* (IIe Epode), un vrai
modèle du genre, malgré sa tendance satirique contre cet usu-
rier qui comprend et loue les champs, mais qui reste en ville
pour placer son argent. Il y a même là, à propos de ces bœufs
mugissants dans le lointain, une rêverie un peu virgilienne :

> Aut in reducta valle mugientium
> Prospectat errantes greges....

Ce qui ajoute à la poésie de ces vers, c'est que tout en rê-
vant, il travaille de ses mains :

> Inutilesque falce ramos amputans
> Feliciores inserit.

Puis viennent comme de juste les douces méridiennes , puis
les plaisirs de la chasse, ceux de la famille, ceux d'un repas
frugal après les labeurs du jour; enfin ce charme du propriétaire qui voit rentrer à la chute du jour le bétail fatigué :

> Videre fessos vomerem inversum boves
> Collo trahentes languido....

Ce dernier trait est exquis, digne de la *Chanson des bœufs* de
P. Dupont ou d'un tableau de Rosa Bonheur.

Continuons notre parallèle en comparant nos trois poëtes
dans leurs impressions grandioses ou mélancoliques, en tant
qu'inspirées par la nature. Ici la palme revient à Lucrèce. Son
caractère et son sujet le portent à des émotions élevées plutôt
que tendres ou subtiles. S'il ne décrit jamais avec admiration
la voûte céleste, c'est que c'est contraire pour ainsi dire à ses
principes, mais il a de ces mots cornéliens qui en disent plus
qu'une description ; ainsi à propos de la lune et du soleil[1].

> At vigiles mundi magnum et versatile templum
> Sol et luna suo lustrantes lumine circum, etc.
> (V, 1435-36.)

Il est question de la lune une trentaine de fois dans Lucrèce,
presque uniquement dans le L. V, mais à part les deux vers

---

[1] Sur les étoiles filantes, voy. un bizarre passage II, 206-215 ; sur le reflet des
étoiles dans la mer, deux vers presque modernes : IV, 213 et 214.

qui précèdent, c'est toujours pour quelque démonstration scientifique. Cette étrange lacune, chez un vrai poète tel que Lucrèce, fait mesurer tout ce qui nous sépare des anciens.

Lucrèce est un des premiers qui aient chanté en vers la destruction du monde[1]. Il s'appuie entre autres sur la décomposition graduelle de tout ce qui nous entoure, y compris les rochers et les montagnes. Indépendamment de sa ruine finale, le monde se renouvelle continuellement. Si l'idée que rien ne se perd dans la nature était indiquée plus clairement (V, 826-35), on pourrait y voir un pressentiment poétique des découvertes de la physique et de la chimie moderne. Mais Lucrèce proclame au contraire, à la fin du L. II, que les forces de la nature s'affaiblissent : les animaux deviennent plus petits, la terre ne produit plus rien spontanément, de toute part nous envahit la décadence[2] :

> Jamque adeo fracta est ætas effetaque tellus !

La mélancolie qui s'exhale de ces vers n'est point celle de Virgile, elle a plus d'amertume que de sympathie. Au reste, il est extrêmement rare que le spectacle de la nature inanimée inspire à Virgile des idées de tristesse[3] ; je n'en ai du moins su trouver aucun exemple, pas plus que chez Horace. Que la nature s'associe aux douleurs humaines, voilà qui est davantage dans l'horizon de l'antiquité ; ainsi Orphée, au L. IV des Géorgiques, après avoir perdu son Eurydice, va promener son affliction au bord de la mer (solo in littore) et plus tard dans les régions glacées du Nord[4]. L'agitation et le vague de l'Océan, la contraction douloureuse produite par le froid s'harmonisent avec les douleurs de l'âme.

Quant à la poésie cosmogonique, inspirée par l'ensemble de l'univers, il en est rarement question dans Virgile, car les chants d'abord cosmogoniques de Silène, dans la sixième églogue, tombent bientôt dans la mythologie ; et dans les Géorgi-

---

[1] Entre autres V, 98-100, et en général 111-416.
[2] II, 1145-1175.
[3] On a étrangement abusé du fameux *Sunt lacrimæ rerum;* au reste, c'est le sort d'une foule de citations d'être écartées de leur sens primitif.
[4] *Géorg.* IV, 505-525.

ques, Virgile semble éviter soigneusement de se mesurer avec Lucrèce[1]. En revanche, la lune se poétise un peu plus que dans Lucrèce : au milieu des vers qui expliquent les prédictions météorologiques tirées de la lune, en voici du moins un plein de grâce.

> ....Si virgineum suffuderit ore ruborem.
>
> (I, 430.)

Dans les Eglogues, rien de caractéristique sur la lune, si ce n'est à propos de sortiléges. Dans l'Enéide, la lune est souvent mentionnée dans une intention poétique, mais seulement en passant. Le seul passage que j'aie noté où réellement elle soit rapprochée des impressions humaines, c'est L. VI, 268-272[2], où la marche nocturne et mystérieuse d'Enée vers l'entrée des enfers est comparée à la clarté indécise de la lune à travers les grandes ombres des forêts. C'est peu pour un poëme de XII livres écrit par un des Romains qui sentit le plus intimement la nature !

Je ne me suis pas donné la tâche de compter toutes les aurores plus ou moins « aux doigts de rose » qui figurent dans l'Enéide ; je conviens que souvent la poésie du jour naissant y est fraîchement rendue, entre autres VII, 25 et 26 :

> Jamque rubescebat radiis mare, et æthere ab alto
> Aurora in roseis fulgebat lutea bigis.

Mais il est fâcheux que de fréquentes répétitions ternissent le coloris de ces images[3].

C'est un inconvénient auquel Horace échappe ; la lune ne brille que rarement dans ses vers, quelquefois à propos de sortilége, une fois comme témoin muet d'un serment d'amour bientôt violé[4]. Plus tard, ce rapprochement entre la lune et l'amour, profondément poétique en soi, est devenu banal jus-

---

[1] *Géorg.* II, 474-488.

[2] Voy. aussi, à la rigueur, III, 150-153.

[3] Voy. entre autres, IV, 6 et 7, 584 et 585 ; VI, 535 et 536 ; IX, 458-461 ; XI, 1 ; XII, 113-115 ; une demi-douzaine d'exemples pris presque au hasard.

[4] Voy. *Epodes* 15. — Pour les exorcismes, entre autres, *Epodes* V, 45 ; XVII, 78 ; *Sat.* I, 8. — Pour les invocations religieuses, *Odes* III, 23.

qu'à en être fade ou ridicule ; c'était alors un terrain entièrement vierge.

Le mérite incontestable d'Horace, et plus encore celui de Virgile — on en a déjà vu des traces dans ce qui précède, — c'est d'avoir associé la nature aux joies comme aux douleurs humaines, de l'avoir humanisée, pour ainsi dire, tandis que dans Lucrèce la nature et l'homme s'observent presque sans se pénétrer l'un l'autre. Dans Horace, c'est une conséquence toute naturelle de son épicuréisme pratique : le retour du printemps et des roses est un appel à la gaîté champêtre, et les vents glacés de l'hiver sont une excellente raison pour banqueter, tout comme les ardeurs de l'été obligent à se restaurer près de quelque ruisseau aux pierres moussues (*musco circumlita saxa*), car la mousse est très en faveur auprès d'Horace, comme dans les Eglogues de Virgile.

Mais ce serait lui faire tort de ne pas relever également les leçons de modération ou de résignation qu'il puise dans le peu de durée des choses de la nature. Il sait que les roses s'effeuillent vite (*nimium breves !*) Il vous dira, dans le *Heu, heu fugaces*, que le seul arbre qui accompagne au delà de la tombe son possesseur éphémère, c'est l'odieux cyprès. C'est aux ambitieux qu'il lance cet avertissement :

> Sævius ventis agitatur ingens
> Pinus...
>
> (*Odes* II, 10.)

Mais s'agit-il de rendre courage à un ami abattu, il lui rappelle que le ciel n'est pas toujours voilé :

> Non semper imbres nubibus hispidos
> Manant in agros.
>
> (*Odes* II, 9.)

Horace a donc su mêler la vie humaine à la vie de la nature.

Virgile l'a su mieux encore, non pas précisément dans les Eglogues, où le paysage sert plutôt de cadre dans lequel se meuvent les personnages [1], ni dans les Géorgiques, où l'homme est

---

[1] J'excepte naturellement cette remarquable première églogue où la séparation forcée ouvre les yeux sur ce qu'on quitte, et dont j'ai parlé plus haut.

trop à l'arrière-plan en vertu même du sujet, mais bien dans
l'Enéide. Sous ce rapport, il y a eu progrès continuel chez Virgile; quelques exemples seulement, tirés des six premiers Livres. Dans le VIᵐᵉ Livre, à l'approche de la Sibylle, la nature
entière frémit d'une émotion religieuse :

> Sub pedibus mugire solum, et juga cœpta movere
> Silvarum.

> (VI, 256, etc.)

Dans ce même Livre, quand Enée pénètre jusqu'aux Champs-
Elysées, après avoir traversé le Tartare, il y a à la fois contraste
et harmonie dans les vers suivants, contraste avec les effrois
du Tartare, et harmonie avec la sérénité lumineuse des bien-
heureux :

> Largior hic campos æther et lumine vestit
> Purpureo ; solemque suum, sua sidera norunt.

> (VI, 640, etc.)

Si Virgile s'est souvenu ici de Lucrèce, Fénelon, plus tard,
se souvint de Virgile.

C'est surtout à propos de l'amour de Didon pour Enée que
Virgile a révélé pour ainsi dire aux Romains ce parallélisme de
la nature et de la passion, si souvent exagéré et matérialisé de
nos jours. C'est au milieu d'un orage que la vertu de l'ardente
Africaine succombe à sa passion pour le héros troyen, au fond
d'une grotte, à la lueur des éclairs, sans que Virgile rapproche
en toutes lettres, comme Châteaubriand je crois, dans une situation analogue, l'orage des sens et celui de la nature. Plus
tard, quand Enée, plus obéissant aux dieux que délicat envers
la femme qui l'aime, veut mettre à la voile sans mot dire, remarquez ce contraste poignant entre le silence de la nuit, qui
fait oublier aux autres leurs soucis (corda oblita laborum), et la
passion de Didon qui la possède plus que jamais. (IV, 523-
532.)

> ......rursusque resurgens
> Sævit amor, magnoque irarum fluctuat æstu.

Le patriotisme et le sentiment religieux étaient presque soli-
daires à Rome, et tous deux se sont alliés de tout temps à la

poésie de la nature. Dans le *De natura rerum,* écrit pendant l'a-
gonie de la république, il n'y a pour ainsi dire aucun éloge de
l'Italie ni de la ville aux sept collines. Il semble que Lucrèce,
désespérant de sa patrie, ait préféré n'en pas parler. Ce qui est
moins étonnant, c'est de trouver chez un poëte qui fait profes-
sion de matérialisme, fort peu de traces d'une contemplation
religieuse de la nature. Sans doute, dans le magnifique début
du Iᵉʳ Livre, Lucrèce s'enthousiasme de bonne foi pour Vénus,
comme déesse fécondante du printemps[1] ; mais cette inconséquence s'explique : Vénus n'est ici qu'un manteau poétique jeté
sur une des forces de la nature, la même qu'il invoque plus
loin sous le nom d'*Alma mater.*

Cette *Alma mater,* qui rappelle diverses formes indécises de
la religion primitive, semble être pour Lucrèce le principe
créateur à la surface de notre globe[2] ; il lui témoigne de la reconnaissance, presque de la vénération, quoique beaucoup
moins qu'à Epicure, dont l'apothéose revient régulièrement au
début de chaque Livre. Quant à l'univers, en dehors de notre
globe, l'esprit systématique de Lucrèce lui fait faire un raison-
nement étrange : plus il le contemple, plus il admire ce savant agencement, et plus il lui semble impossible que des dieux
soient capables de tenir en bride un univers aussi compliqué
et aussi prompt à se déchaîner[3] :

> Quis regere immensi summam, quis habere profundi
> Indo manu validas potis est moleranter habenas?

Virgile n'en est pas là ; ses Georgiques, qui sont une œuvre
de reconstruction, un retour à l'agriculture, à l'ancienne foi religieuse, à l'autorité politique, débutent par une invocation en
due forme aux divers dieux agricoles[4]. Virgile a même grand
soin, dans la crainte d'en oublier quelqu'un, de les englober
tous dans une formule générale. La même orthodoxie, plus my-

---

[1] I, 1-21, surtout voy. 7-9.
[2] Voy. surtout II, 990-1000.
[3] 1090-1105 ; dans une étude sur Lucrèce, au point de vue moral et religieux
(*Revue des deux mondes,* — mars 1863), M. C. Martha donne une traduction libre
d'un passage analogue dans des vers pleins d'élan et d'harmonie.
[4] I, 5-23.

thologique que poétique, est scrupuleusement observée dans le reste des Géorgiques et de l'Enéide. Mais il circule, surtout dans les Géorgiques, un autre courant un peu mystique et panthéiste ; la philosophie d'Epicure, alors dominante, se devine là même où elle se cache : on ne vient pas impunément après César et Lucrèce. En tout cas, il ne faut pas que cette religion intime de Virgile nous fasse illusion ; dans les Géorgiques on ne trouve aucun passage où la vue de la création fasse lever les yeux vers un créateur unique et libre.

En revanche, la beauté et la fertilité de l'Italie réveillent le patriotisme de Virgile, non pas encore dans les Eglogues, mais dans les Géorgiques. Il la compare aux pays étrangers, c'est-à-dire à l'Orient, et proclame sa supériorité : elle est aussi fertile que les pays plus chauds, sans avoir leur climat énervant ni leurs bêtes féroces, voilà en une ligne de prose le résumé d'une vingtaine de vers à coup sûr fort beaux quoique un peu trop utilitaires[1]. Voyez combien est romaine cette noble salutation de Virgile à sa terre natale :

> Salve, magna parens frugum, Saturnia tellus,
> Magna virum !
>
> (II, 173.)

Toutefois, qu'il me soit permis de répéter ici ce que j'écrivais il y a sept ans : « Chaque mot y éveille l'idée d'abondance et de force, on y voit ondoyer les moissons dorées, mais j'y regrette une échappée d'azur, un rayon de la beauté grecque ! »

On peut lire tout Lucrèce sans se douter qu'il était né à Rome même. Virgile a été plus fidèle à son Mincio, à Mantoue, et même à son village natal d'Andes. Déjà dans la septième églogue se balancent les roseaux du Mincio :

> Hic viridis tenera prætexit arundine ripas
> Mincius, etc.

Plus tard, au commencement du L. III des Géorgiques, c'est là qu'il élève son temple allégorique :

> Tardis ingens ubi flexibus errat
> Mincius...
>
> (Voy. vers 10-15.)

[1] Voy. II, 135-154.

Ailleurs, il glisse une description vraiment fraîche et touchante des fertiles campagnes dont Mantoue a été dépouillée par les proscriptions :

> Et qualem infelix amisit Mantua campum
> Pascentem niveos herboso flumine cycnos, etc.
>
> (II, 197-201.)

L'attachement au sol natal, à la famille, si rare dans la littérature romaine, est exprimé à la fin du même L. II (509-515), dans des vers où l'on sent que Virgile savait par expérience ce que c'est que l'exil.

Le patriotisme d'Horace ne s'unit que rarement à des images puisées dans la nature. La plus frappante et presque la seule, c'est quand il met dans la bouche d'Annibal cette comparaison entre un de ces chênes toujours verts et la rude race romaine, que les épreuves consolident au lieu d'abattre :

> Duris ut ilex tonsa bipennibus,
> Nigræ feraci frondis in Algido,
> Per damna, per cædes ab ipso
> Ducit opes animumque ferro.
>
> (*Odes*, IV, 4.)

A part cela, on ne retrouve cette alliance, qui semblerait si facile à un poëte Romain, que dans le *Carmen Sæculare*, soi-disant à l'honneur de Diane et d'Apollon, en réalité, à l'honneur de Rome. Horace demande au soleil de ne jamais rien éclairer de plus grand que Rome :

> Alme sol... possis nihil urbe Roma
> Visere majus.

La prière d'Horace, ajoute Gœthe, a été exaucée.

Voilà au fond la religion d'Horace ; quant aux faibles traces d'une union du sentiment religieux avec la nature, il est superflu de les citer [1].

J'ai déjà eu l'occasion de protester plus d'une fois contre cette opinion erronée que l'absence de description de la nature

---

[1] Dans l'ode 25 du L. III, cet enthousiasme pour Bacchus comme Dieu de la nature est une pure réminiscence de la mythologie hellénique, et non de la religion primitive.

suppose l'absence du sentiment de la nature. Ce n'est donc point à titre de reproche que je constate que la description *ex professo* est à peu près absente de Lucrèce, de Virgile et d'Horace. Quant à Lucrèce, elle lui est complétement inconnue ; il est si loin de décrire pour décrire qu'il n'admire qu'en passant, quand il n'a pas besoin de se détourner de ses démonstrations continuelles. Quand on parle, par exemple, de sa description de l'éruption de l'Etna [1], on oublie que son seul but est d'expliquer physiquement le phénomène. Chemin faisant, presque sans les chercher, il rencontre des expressions que d'autres poëtes chercheraient longtemps ; il s'en sert, et voilà tout. De là vient qu'il y a dans le *De natura rerum* une foule de vers brillants, mais presque invisibles sous le tissu de ses démonstrations.

Virgile n'a pas cette insouciance un peu hautaine de Lucrèce ; il sait mieux mettre en relief ce qu'il y a de pittoresque dans ses vers.

Dans les Eglogues, il n'y a pour ainsi dire aucune description de la nature, mais fort souvent deux ou trois vers qui esquissent le lieu où la scène se passe. Quoiqu'en général une élégance un peu indécise soit leur trait caractéristique, il y en a de vraiment pittoresques, même à propos de ces grottes continuelles :

.....Aspice ut antrum
Silvestris raris sparsit labrusca racemis
(V, 6 et 7.)

et ailleurs, à propos du peuplier d'Italie, au feuillage argenté :

.....Hic candida populus
Antro imminet et lentæ texunt umbracula vites.
(IX, 41 et 42 [2].)

Dans les Géorgiques où le piége de décrire était plus dangereux, Virgile y résiste presque toujours ; d'ailleurs, sa sympathie corrige sa description, ainsi à la fin de cet incendie dans une forêt (II, 303-315) :

Infelix superat foliis oleaster amaris.

[1] VI, 680-704.
[2] Voy. aussi divers passages de la 1re églogue, par exemple 47-59, 76-79.

La seule description relative à la nature qui tombe en plein dans les défauts de l'école d'Alexandrie, c'est ce récit emphatique et presque ridicule du froid glacial dans le nord [1] ; mais Virgile a ici une excuse assez plausible, c'est qu'il est difficile de décrire sans exagération ou sans banalité ce qu'on n'a jamais vu.

Dans l'Enéide, et c'est plus excusable dans un long poëme épique, les descriptions deviennent plus fréquentes, mais sans dégénérer. Toujours préoccupé de Lucrèce, Virgile reprend, par exemple, la description de l'Etna, mais non plus au point de vue scientifique [2] ; c'est la plus détaillée, je crois, dans les six premiers Livres, si ce n'est l'orage maritime dans le L. I, que nous retrouverons à propos de la mer.

Les comparaisons empruntées à la nature touchent de bien près aux descriptions, car celles de Virgile sont encore un peu homériques, c'est-à-dire que la logique n'en est pas le côté fort. Enée résistant aux larmes de Didon est comparé au chêne en vain secoué par les vents du nord. (IV, 441-449.) Ici le pittoresque et la logique se donnent à la rigueur la main ; il faut se contenter du premier dans cette comparaison du L. V (213-217) où l'un des concurrents aux courses navales est comparé à une colombe effarouchée qui rase l'océan [3] :

> .....mox aere lapsa quieto
> Radit iter liquidum, celeres neque commovet alas.

Il faut citer enfin, sinon comme comparaison, du moins comme contraste plein de poésie, ces bœufs qu'Enée entend mugir (VIII, 360 et 361) dans le lieu qui devait devenir le Forum et redevenir plus tard, ô ironie de l'histoire, le marché au bétail [4].

Horace, en fait de description, ne pouvait faire moins que de

---

[1] III, 350-383.
[2] III, 570-587.
[3] Voy. aussi VI, 707-710 (abeilles qui butinent) ; XI, 68-71 (Pallas mort comparé à une fleur coupée) ; 624-627 (flux et reflux).
[4] J'y ai vu stationner encore, il y a 7 ans, ces animaux aux immenses cornes, plus semblables à des buffles qu'à nos bœufs ; on m'assure qu'ils en ont disparu maintenant.

rester fidèle au précepte qu'il donne dans son soi-disant art
poétique (v. 16-21) où il proteste contre cette manie de décrire
à tout propos :

> .....Cum lucus et ara Dianæ
> Et propcrantis aquæ per amœnos ambitus agros
> Aut flumen Rhenum, aut pluvius describitur arcus;
> Sed nunc non erat hic locus.

Je ne sais combien d'arcs-en-ciel Delille se vantait d'avoir
décrits, mais il ne se doutait probablement pas d'avoir eu des
prédécesseurs du temps d'Horace !

Tout au plus pourrait-on reprocher à Horace de tomber lui
aussi dans la description de l'âge d'or, sans sortir des lieux
communs usités : la vigne sans culture, l'olivier toujours fécond, le miel découlant du tronc des arbres, etc., etc. (*Ep.* 16.)
D'ordinaire, Horace est seulement trop sobre en fait de descriptions ; c'est ainsi que même pour Tibur il mentionne à peine
ce qui aujourd'hui frappe le plus le touriste, savoir les cascades[1] :

> .....Domus Albuneæ resonantis
> Et *præceps* Anio, etc.
>
> (*Odes*, 1, 7.)

Dans tous les temps, le contraste entre le printemps et l'hiver a inspiré les poëtes. Les chants de printemps les mieux
sentis, disait le paradoxal Heine, ont été composés derrière le
poêle. En tout cas, la résurrection de la nature est d'autant plus
saisissante quand la terre a semblé morte des mois entiers. Là
où elle n'a que sommeillé, comme en Italie, le printemps semblerait devoir perdre la moitié de son charme; or il est très curieux de voir qu'il n'en est rien dans la poésie latine de cette
époque. Il est question si souvent de neiges et de glaces, surtout dans Horace, qu'on se demande si le climat a changé ou
s'il faut mettre cela sur le compte de l'exagération méridionale.
Ampère, dans son *Histoire romaine à Rome* (I, 57-59), admet

---

[1] On a dit que la cascade principale de l'Anio n'existait pas dans l'antiquité,
mais l'emplacement du temple dit de la Sibylle, qui domine immédiatement
la chute d'eau, est à lui seul un indice du contraire. Voy. *Roms Camp.* 1,
229.

le premier cas, et s'appuie sur des exemples généralement solides. Je crois qu'il faut faire une grande part aussi à l'exagération naturelle aux peuples du midi[1] ; que de fois en Italie n'ai-
je pas entendu gémir sur cet *horribile freddo*, pour peu que le
vent du nord soufflât en janvier. Néanmoins, dans Virgile et
Horace, il y a des faits précis et autre chose que des épithètes
excessives. Dans les Géorgiques, à propos d'une description du
printemps, Virgile parle d'un fleuve qui redevient liquide, du
sol qui dégèle. (1, 43 et 44[2].)

> Vere novo, gelidus canis cum montibus humor
> Liquitur, et Zephyro putris se gleba resolvit.

Ailleurs (I, 310), il faut aller à la chasse quand la neige est
profonde et que les rivières charrient des glaçons.

Dans Horace les exemples sont autrement nombreux ; je ne
m'appuie pas sur des vers tels que *Diffugere nives,* ou *Solvitur
acris hiems* ou *Vides ut alta stet nive candidum Soracte* qui peuvent à la rigueur ne s'appliquer qu'aux sommités des Apennins, mais voici où il est décidément question de plaines ou de
vallées habitées :

> ....,Nec jam sustineant onus
> Silvæ laborantes ; geluque
> Flumina constiterint acuto.
>
> (*Odes* I, 9.)

Ailleurs, dans une invitation à Virgile :

> Jam nec prata rigent, nec fluvii strepunt
> Hiberna nive turgidi.
>
> (*Odes* IV, 12)[3].

Quoiqu'il en soit — exagération poétique ou changement de
climat, — le charme du printemps est rendu avec une fraîcheur digne quelquefois d'un poëte moderne et septentrional.

---

[1] Après avoir écrit ces lignes, je vois que M. Barbezat (*Biblioth. univ.* Mai
1851) signale des exagérations analogues dans la poésie grecque et les explique
par l'imagination du sud.

[2] Voy. aussi *Géorg.* II, 316 et 317 ; III, 135, 136, où le froid fait même fendre
les pierres !

[3] Voy. aussi, quoique moins caractéristiques : *Epîtres* I, 7, v. 10 ; *Epodes* 6,
v. 7 et 8 ; 13, v. 1 et 2 ; *Odes* I, 2, v. 1 ; I, 4, v. 1-4 ; IV, 7, v. 1-12.

Il est à noter que les trois odes d'Horace qu'on peut appeler ses odes printannières, le *Diffugere nives* (IV, 7), le *Solvitur acris hiems* (I, 4) et le *Jam veris comites* (IV, 12) sont mêlées de réflexions philosophiques sur le changement de toutes choses et d'exhortations un peu moins philosophiques sur le charme du vin, qu'il soit du Cécube ou d'un crû plus modeste ; mais il ne faut pas y chercher de détails sur les premières feuilles qui s'échappent des bourgeons [1], ni sur le triomphe du vert, comme l'appelle un auteur moderne, ni sur cette volupté qu'on éprouve à respirer un air tiède, ni sur le retour à la vie des végétaux et des animaux, sur le premier chant des oiseaux par exemple. Horace sentait-il tout cela ? Il est permis d'en douter.

Il en est autrement chez Virgile et Lucrèce. Sans doute, la puissance fécondante et par conséquent plus ou moins sensuelle ou utilitaire du printemps y domine sur son charme gracieux ou symbolique [2] ? Mais quel souffle tiède et puissant dans des vers comme ceux-ci :

> Vere tument terræ, et genitalia semina poscunt ;
> Tum pater omnipotens fecundis imbribus Aether
> Conjugis in gremium lætæ descendit, etc.
>
> *(Géorg.* II, 323-325.)
>
> Parturit almus ager ; Zephyrique tepentibus auris.
> Laxant arva sinus, etc.
>
> *(Géorg.* II, 329 et 331.)

Et quelle poésie dans cette idée qu'à l'origine du monde c'était le printemps qui régnait :

> .....Ver illud erat, ver magnus agebat
> Orbis, et hibernis parcebant flatibus Euri.
>
> (II, 337, 338.)

Dans le même morceau ne dirait-on pas les détails suivants échappés à la plume d'un moderne :

---

[1] Horace dit en bloc :

> .....Redeunt jam gramina campis
> Arboribusque comæ.

[2] Pour Virgile, voy. *Géorg.* II, 322-344 ; pour Lucrèce, I, 1-20 ; V, 735-740 ; 780-790.

Avia tum resonant avibus virgulta canoris (327)
Inque novos soles audent se gramina tuto
Credere, nec metuit, surgentes pampinus auros, (331)
Sed trudit gemmas, et frondes explicat omnes. (334.)

Qu'importe que ce morceau soit seul de son espèce dans Virgile ; il suffit à montrer comment il comprenait le printemps.

Dans Lucrèce, Vénus et le printemps se confondent encore davantage ; on se rappelle que l'antique Vénus italique était essentiellement une déesse du printemps. Dans son invocation à Vénus, au début du L. 1, on devine constamment cette personnification du printemps :

.....Tibi suaves Dædala tellus
Summittit flores ; tibi rident æquora ponti
Placatumque nitet diffuso lumine cœlum.
(I, 7-9.)

Ne sent-on pas le poëte entraîné par un délire voluptueux, quoique chaste, dans les vers suivants :

Denique, per maria, ac montes, fluviosque rapaces
Frondiferasque domos avium, camposque virentes
Omnibus incutiens blandum per pectora amorem,
Efficis, ut cupide generatim' sæcla propagent.
(18-21.)

On le voit, le printemps, dans Lucrèce, n'a rien qui rappelle les descriptions mignardes des trois quarts des poëtes descriptifs ou didactiques.

Passons à la mer ; ici bien des déceptions attendent ceux qui veulent à tout prix que les anciens aient anticipé sur nos impressions modernes. On ne peut pas dire que Lucrèce, Virgile ou Horace la passent sous silence, au contraire ; mais presque toujours elle est dénoncée comme un élément perfide ou redoutable : les orages et les naufrages abondent, tandis que la majesté de la mer, sa sérénité gracieuse sont à peine mentionnées [1]. Si encore il s'agissait de la grisâtre mer du Nord, aux

---

[1] Je préfère ne pas réfuter autrement que par des citations l'optimisme exces-

côtes plates et incultes, ou de l'Océan effrayant par son immensité même ; mais non, c'est cette riante et bleue Méditerranée, dont le littoral n'est qu'une succession de scènes pittoresques, qui est ainsi calomniée. La seule excuse des poëtes romains, c'est que la mer resta toujours antipathique à leur nation. L'étendue de l'empire et du commerce international obligeait à s'en servir, mais jamais la marine ni les divinités maritimes ne furent populaires à Rome comme en Grèce.

Cette méfiance me frappe surtout dans Lucrèce, dont on aurait attendu plus d'intelligence pour le grandiose de la mer, sinon pour son inépuisable variété d'aspects. A peine ai-je trouvé deux vers sympathiques; ainsi dans l'invocation à Vénus [1] :

> Tibi rident æquora ponti
> (I, 6.)

quoique, d'après le sommaire fort détaillé de l'édition d'Eichstædt (1801), il y ait plus de 80 passages où Lucrèce mentionne la mer, ordinairement, il est vrai, dans un but scientifique. Les deux seuls passages de quelque étendue sont tout à fait hostiles ; dans l'un (V, 998-1004), Lucrèce regrette l'âge d'or où l'on ignorait encore cette abominable (*improba*) invention de naviguer :

> Nec poterat quemquam placidi *pellacia* ponti
> *Subdola pellicere* in fraudem ridentibus undis.

Remarquez ces trois termes accumulés contre la perfidie de la mer ; des expressions analogues se retrouvent au L. II (550-560) à propos d'un naufrage ; en voici qui ne sont guère plus flatteurs : « Infidi maris insidias » (558).

Dans Horace, c'est pis encore ; pas un passage favorable à la mer ; plus d'une fois un orage sur mer est redouté comme le plus grand danger pour un ami (ainsi dans son ode à Virgile, partant pour la Grèce, I, 3, toute une déclamation contre les dangers et la folie de naviguer), ou encore il est souhaité à un

---

sif de Motz, pag. 110-113, qui est peut-être fondé pour la littérature grecque, mais qui en tout cas ne l'est pas pour les auteurs latins de ce temps.

[1] Voy. aussi, II, 765-775, sur les changements de couleur de la mer, mais presque sans admiration.

ennemi comme le pire des malheurs [1]. Dans ses comparaisons, les flots de la mer sont de mauvais augure, ainsi dans le fameux *Donec gratus eram* (III, 9), ceci n'est point à l'éloge d'Horace dans la bouche de Lydie : « et improbo iracundior Hadria.» Enfin, combien de vaisseaux ballottés par la tempête, à commencer par le fameux vaisseau de la république (Odes I, 14),

> O navis! referent in mare te novi fluctus?

qui navigue, toujours ballotté et toujours cité, depuis l'antiquité jusqu'à nos jours !

Virgile est un peu moins exclusif envers la mer : les réminiscences homériques, peut-être aussi sa sympathie universelle l'emportèrent quelquefois sur les préjugés romains, mais ces cas sont rares ; ainsi, dans une comparaison des Géorgiques, qui décrit la course pittoresque des flots avant de venir se briser sur la côte [2] :

> Fluctus uti, medio cœpit cum albescere ponto
> Longius, ex altoque sinum trahit, etc.
>
> (III, 237-241.)

Ainsi, dans l'Enéide, ce qu'il y a de poétique dans l'immensité de l'océan est indiqué (III, 193), mais seulement comme préambule d'un orage. Ce n'est pour ainsi dire qu'au lever du soleil que l'océan se déride, et le mérite en revient probablement à Homère.

En revanche, il est impossible de citer tous les exemples où la mer apparaît sous son côté effrayant, à commencer par ce vers passé en proverbe et tiré des Eglogues (d'où la mer sans cela est presque absente) :

> Insani feriant sine littora fluctus!
> (*Egl.* IX.)

Dans les Géorgiques, sans aucun prétexte, la mer reçoit l'épithète d'*infidum*. (I, 254.) Dans l'Enéide, dans les premiers Li-

---

[1] Dixième *Epode*, contre le poëte Mævius. — *Odes* III, 27, vers 21-24. — Voy. aussi, comme souhait négatif pour des amis, ce vœu du naufragé Archytas : *Odes* I, 28, vers 25-31.

[2] C'est, du reste, en partie une imitation homérique, voy. *Iliade* IV, 422-428.

vres, la navigation d'Enée n'amène jamais de descriptions sympathiques de la mer, mais continuellement des orages. Il y a le
fameux orage du L. I (81-123), vraiment fort beau dans son
genre; il y a un nouvel orage dans le L. III (192-208); il y en a
un troisième dans le L. V (8-20), sans parler des menus orages
expédiés en quelques vers. Sans doute, au point de vue de
l'idée fondamentale de l'Enéide, c'est une nécessité : Enée doit
être battu par plus d'une tempête avant d'aborder en Italie :
Per angusta ad augusta ! Mais il n'en reste pas moins vrai que
la mer, dans l'Enéide, est essentiellement orageuse.

Quelques détails enfin sur le rôle des arbres et des fleurs
dans la poésie de Virgile et d'Horace, car Lucrèce est ici à peu
près hors de cause.

Il va sans dire qu'en Italie ce qu'on apprécie avant tout dans
un arbre, c'est son ombrage. Pour Horace, arbre et ombrage
semblent deux notions presque identiques; pour que la fraîcheur soit complète, il ne manque plus que quelque frais
ruisseau, et ceux-là non plus ne font pas défaut dans les vers de
Virgile et d'Horace. Entre beaucoup d'exemples, je ne cite que
le plus connu, parce qu'il est le plus pittoresque [1] :

> Quo pinus ingens albaque populus
> Umbram hospitalem consociare amant
> Ramis, et obliquo laborat
> Lympha fugax trepidare rivo.
> *(Odes* II, 3.)

Pour Virgile, tenons-nous-en aux Eglogues : chacun de ses
bergers chante ou sommeille au pied de quelque arbre.

A première vue, on est un peu surpris de ne trouver presque
que des arbres de l'Europe centrale dans ces paysages du midi :
le chêne, le frêne, le hêtre, les variétés du pin et du peuplier,
le noyer, l'ormeau et la vigne; il n'y a guère que l'olivier et
l'yeuse (*ilex*) qui nous sortent de nos paysages accoutumés. En
effet, on sait positivement que le citronnier ne fut cultivé en
Italie que vers la fin de l'empire, et l'oranger au XIIme ou au
XIIIme siècle; en revanche, le figuier figure déjà dans la tradi-

---

[1] Sur les ombrages du Lucrétile, voy. *Odes* I, 17.

tion de Romulus. Mais les bergers de Virgile sont moins utilitaires qu'Horace, ils ont toute une petite esthétique, un peu
raffinée pour des bergers, sur la place qui fait le mieux ressortir
le caractère de chaque arbre :

> Fraxinus in silvis pulcherrima, pinus in hortis,
> Populus in fluviis, abies in montibus altis.
>
> *(Egl.* VII.)

Néanmoins, je ne crois pas être trop sévère en disant que la
vraie poésie de l'arbre, avec ses nuances multiples, n'est exprimée ni dans Horace ni dans Virgile. C'est probablement une
impression toute moderne et toute septentrionale.

Les fleurs ont été mieux comprises par eux et par l'antiquité
en général. Il y a des choses charmantes, entre autres sur la
rose, dans les poésies anacréontiques et dans d'autres lyriques
grecs, sans parler des poésies persanes où elle revient à satiété,
ainsi que le rossignol. Dans Horace, c'est aussi la rose qui
figure le plus souvent : on sait que les couronnes de roses
étaient inséparables des banquets. Il préfère la rose et le myrte
aux ornements plus compliqués [1] :

> Persicos odi, puer, apparatus...
>
> *(Odes* I, 31.)

Dans les Eglogues, où les couronnes de fleurs sont à l'ordre
du jour, la rose, le myrte, la violette et la jacinthe sont les
fleurs préférées. Dans les Géorgiques, il n'est guère question
de fleurs que dans l'épisode bien connu de ce vieillard qui
soigne son petit jardin avec tant d'amour. (IV, 116-148.) Là sont
indiqués plutôt que caractérisés le narcisse, le myrte, l'acanthe,
le lis, la verveine, le pavot, plantes symboliques. Virgile regrette de ne pas avoir le temps d'écrire plus longuement sur les
jardins ; ce fut heureux pour lui : son talent s'y serait affadi.
Columelle, sous l'empire, se crut obligé d'écrire en vers sur
les jardins le dixième Livre de son traité agricole, sous prétexte

---

[1] Voy. aussi *Odes* I, 36, vers 15 et 16 ; II, 15, où il s'élève contre l'abus des
fleurs odoriférantes qui ont remplacé des cultures plus utiles. Il est vrai que c'est
dans une ode un peu morose contre le luxe.

de combler la lacune laissée par Virgile. Quant à Delille, il ne
pouvait faire moins que de composer là-dessus un poëme en·
tier.

Pour terminer cette mosaïque un peu bigarrée, mais à peu
près complète, du sentiment de la nature dans Lucrèce,
Horace et Virgile, il ne reste à parler que de la place accor-
dée par eux aux animaux. Il ne peut être question ici que de
l'animal comme accompagnement du paysage ; ce serait m'é-
carter trop de mon sujet que de rechercher jusqu'à quel point
les Romains ont soupçonné le mystère qui enveloppe les animaux et qui me semble caractérisé par leur regard, tantôt
vague, tantôt pétrifié, toujours voilé.

Lucrèce n'est évidemment pas aussi préoccupé que Virgile
des animaux, quoiqu'il leur attribue, dans ces rêves compliqués
et un peu hasardés, un instinct qui nous étonne [1]. Il est rare
qu'il témoigne de la sympathie pour eux, mais là où il le fait, il
égale presque Virgile, ainsi pour cette génisse qui cherche son
petit et que rien ne peut distraire :

> Nec teneræ salices atque herbæ, rore vigentes
> Fluminaque ulla queunt, summis labentia ripis
> Oblectare animum, subitamque avortere curam, etc. etc.
> (II, vers 352-366.)

On ne trouve rien de pareil dans Horace. La seule poésie où
les animaux cadrent vraiment avec le paysage, c'est la seconde
Epode, dont j'ai déjà cité ces bœufs mugissants dans le lointain,
ainsi que ce bétail qui défile à la tombée du jour devant son
propriétaire [2]. Il est pour le moins surprenant que le chantre
un peu raffiné des jouissances champêtres d'un citadin n'ait,
pour ainsi dire, jamais parlé du chant des oiseaux [3]. Les lyriques grecs lui avaient donné de meilleurs exemples, et avaient
mieux senti la poésie de ce petit peuple chanteur et même
celle de la monotone et criarde cigale.

[1] L. IV, 985-1008.
[2] Voy. aussi ces chèvres dans *Odes* I, 17.
[3] Ou bien faut-il admettre que l'Italie d'alors était déjà aussi dépeuplée de ces
chantres des bois que l'Italie moderne ?

Dans Virgile il y a, à cet égard comme à beaucoup d'autres,
un progrès marqué des Eglogues aux Géorgiques, probablement parce que de faux bergers ne peuvent s'intéresser à leur
soi-disant bétail comme de vrais agriculteurs. Dans les Géorgiques on comprend que ce soit dans les deux derniers livres,
surtout dans le troisième, que la tendresse virgilienne se montre le mieux[1]; ne semble-t-il pas que Virgile croie les mères
juments sensibles au côté poétique de leur pâturage, quand il
conseille de les mener paître :

> Muscus ubi, et viridissima gramine ripa
> Speluncæque tegant, et saxea procubet umbra.

Et ce bœuf de labour, dont le compagnon de travail vient de
tomber frappé par la peste, et que rien ne peut consoler, ne
répand-il pas sur le paysage entier une teinte élégiaque ?

Mais ce sont surtout les animaux en liberté qui s'harmonisent avec le paysage : peut-on se représenter le printemps sans
des chants, des cris, des bourdonnements innombrables ? Il y a
dans les Géorgiques plusieurs exemples à citer, qui colorent,
pour ainsi dire, le paysage[2] :

> Et veterem in limo ranæ cecinere querelam

Ou bien, dans un autre genre :

> . . . . . aut bucula, cœlum
> Suspiciens patulis captavit naribus auras.

La plupart de ces vers projettent un reflet un peu mélancolique sur la nature : ce n'est plus la sérénité homérique, car
Virgile a déjà entrevu la mélancolie de notre monde moderne ;
c'est à cela qu'il doit de sentir la nature plus intimement que
ses contemporains.

Est-il besoin de m'excuser d'avoir analysé presque fibre après
fibre le sentiment de la nature dans Lucrèce, Virgile et Horace ?
Quoique à peu près contemporains, ils sont à cet égard trois

---

[1] Voy. surtout *Géorg.* III, 140-145; 332-339 ; sur les abeilles IV, 21-32 ; 51-
57 ; à propos des animaux atteints de maladie, III, 494-502 et surtout 515-525.
[2] Voy. à propos des présages météorologiques I, 373, etc. ; I, 410-415, où il y
a une singulière sympathie pour les corbeaux.

types accentués; d'ailleurs, leurs noms sont assez populaires pour donner du poids à des détails qui, à première vue, semblent insignifiants.

§ 3

Les Elégiaques.

CATULLE. TIBULLE. PROPERCE. OVIDE.

Si la poésie latine peut être comparée à un parc un peu artificiel, la poésie élégiaque forme peut-être la région la plus originale de ce parc, mais la moins fréquentée du grand public. Il y a d'excellentes raisons pour ne pas faire de Catulle, de Tibulle, de Properce et d'Ovide des livres de classe; leurs poésies élégiaques ne sont guère autre chose que de la poésie érotique, à propos de laquelle l'épithète de sensuelle est presque un euphémisme. Ceci ne nuit pas à l'importance de ces poésies pour notre sujet, car le spectacle de la nature, surtout au Midi, accompagne aussi bien le délire sensuel d'un Properce et les raffinements voluptueux d'un Ovide que les chastes mais ardents transports de Didon dans Virgile, aussi bien les sensuelles et plastiques élégies romaines d'un Gœthe que la suave Graziella d'un Lamartine.

Le sentiment de la nature occupe une place de plus en plus importante à mesure que l'on passe de Catulle à Tibulle, puis à Properce, puis à Ovide. Cette gradation, conforme à l'ordre chronologique, sera mon principal plan ¡dans ce chapitre. Si j'entre dans moins de détails, c'est que le chapitre précédent peut nous servir désormais de point de repère. Je n'insisterai que là où paraîtra quelque filon nouveau.

Quand on juge Catulle, il ne faut pas oublier qu'il fut contemporain de Lucrèce, antérieur d'une génération aux poëtes du temps d'Auguste. Il vivait volontiers à la campagne, non pas à Tibur même, mais non loin de là [1]; comme Virgile, il était du

---

[1] Comme le montre très bien *Roms Campagna* I, pag. 241, 242. Il est étonnant cependant que Catulle ne parle que deux ou trois fois de ses deux villas, (poésie 26me et 44me pour sa villa près de Tibur, 31me pour celle du Sirmio).

nord de l'Italie ; de là en partie sa prédilection pour la presqu'île du Sirmio, entre les deux golfes du lac de Garde, encore
ravissante maintenant telle qu'on l'aperçoit de la douane de
Peschiera. Catulle, dans une de ses poésies les plus connues
(la 31me), salue avec bonheur son Sirmio, au retour de son
voyage en Bithynie ; mais la note dominante, c'est le bonheur
de retrouver une retraite assurée plutôt que l'admiration pour
le lac de Garde.

Avant Virgile, des vers comme ceux-ci sont à relever :

> Aut quam sidera multa, cum tacet nox,
> Furtivos hominum vident amores.

Ce rôle des étoiles (*vident*) est bien passif, mais on se rappelle
que dans Lucrèce et Horace, même dans Virgile, la lune et les
astres ne sont pas encore familiers aux amants. Comme antérieure à Virgile, il faut relever également la tendresse de Catulle pour le moineau de Lesbie (poésies 2 et 3), ses deux poésies les plus gracieuses à mon avis. Sans doute, si ce moineau
n'avait pas appartenu à Lesbie, Catulle s'en serait peu soucié,
mais le mérite de ce moineau est précisément de n'être qu'un
moineau, c'est-à-dire l'oiseau le plus répandu et qui n'a de
prix, ni par son plumage, ni par son chant, ni par sa rareté,
mais seulement par l'affection qu'on lui porte.

Nous avons vu surabondamment que la mer n'était guère
pour Lucrèce, Horace et Virgile qu'un élément perfide qu'on
redoute beaucoup plus qu'on ne l'admire. Catulle parle moins
des orages et plus souvent de l'immensité de la mer ; j'attribue
ce progrès, frappant aussi chez Properce, en grande partie à
l'influence hellénique, tandis que Tibulle, dont la poésie est
moins savante et le talent plus naïf, est encore en plein dans
les vieilles traditions romaines [1]. Dans Catulle, les Nymphes
commencent à jouer dans les flots de l'océan, et la mythologie
maritime des Grecs s'acclimate visiblement sur les côtes du Latium. Dans le petit poëme d'Atys, encore plus oriental qu'hel-

---

[1] Voy. Tibulle I, 3, à propos de l'âge d'or ; IV, 1, vers 193, etc., si du moins
on admet que le Panégyrique de Messala soit de lui.

lénique, cet étrange héros, dont la virilité morale semble avoir disparu en même temps que l'autre, se lamente en face de la grande mer :

> Ibi maria vasta visens lacrimantibus oculis
> Patriam adlocuta mœsta est ita voce miseriter.
>
> (Vers 63.)

Dans l'épithalame de Thétis et de Pélée, cette macédoine qu'on a eu la bonté de qualifier de chef-d'œuvre, Ariane, abandonnée par Thésée, monte sur un promontoire élevé :

> Unde aciem in pelagi vastos protenderet æstus.

Un peu plus loin, voici qui nous montre enfin gracieuses et clapotantes les ondes de la mer soulevées par le zéphyre :

> Quæ tarde primum clementi flamine pulsæ
> Procedunt, leni et resonant plangore cachinni,
> Post, vento crescente, magis magis increbrescunt
> Purpureaque procul nautes a luce refulgent.
>
> (Vers. 273, etc.)

Ce passage est proprement une comparaison, ce qui m'amène à faire remarquer que c'est précisément dans des comparaisons que le sentiment de la nature est le plus visible dans Catulle [1]. Ce ne sont plus de ces comparaisons dites homériques. Dans un de ses chants d'hyménée (poésie 62), le chœur des jeunes filles compare la vierge à une fleur dont la grâce vient justement de ce qu'elle est intacte :

> Idem quum tenui carptus defloruit ungui
> Nulli illum pueri, nullæ optavere puellæ.

Le chœur des jeunes gens au contraire rappelle que la vigne ne porte point de fruits si elle ne s'enlace autour de l'ormeau :

> Ut vidua in nudo vitis quæ nascitur arvo,
> Nunquam se extollit, nunquam mitem educat uvam.

Certes il faut savoir gré à l'auteur de tant d'épigrammes obscènes d'avoir touché si délicatement à un pareil sujet. Mais sa

---

[1] 11, à la fin ; 61 et surtout 62, dans le *Carmen nuptiale* ; 68, *ad Manlium*, v. 50-65.

comparaison la plus gracieuse est celle où il compare l'influence bienfaisante qu'a sur lui son ami Manlius à un ruisseau qui restaure le voyageur fatigué :

Dulce viatori lasso in sudore levamen
Cum gravis exustos æstus hiulcat agros, etc.

On vient de le voir, dans Catulle la nature et son amante ne
s'appellent pas l'une l'autre. Il en est autrement dans Tibulle,
probablement parce qu'il est plus exclusivement que Catulle
le chantre de ses amours. Lui aussi mourut jeune [1], l'an 19
avant notre ère, et vécut de préférence hors de Rome, dans
son petit domaine de Pedum.

Toutefois, on a exagéré son amour pour la nature; je ne parle
pas de Laharpe dont les jugements, en fait de littérature latine,
ont peu de poids; Bernhardy, une des premières autorités en
pareille matière, va jusqu'à dire : « Aucun Romain n'a exprimé
avec un charme plus cordial (*Gemüthlichkeit*, mot intraduisible,
comme on sait) et une plus grande douceur la béatitude d'une
vie paisible au sein d'une nature champêtre, » etc. Voilà qui
est fort exagéré; voici qui est plus juste : « Il sent avec la candeur religieuse d'un agriculteur les douceurs de la nature, mais
il ne devient jamais leur peintre. » (Pag. 534.)

Au lieu d'opposer à ces jugements trop absolus d'autres jugements qui auraient probablement le même défaut (mais sans
avoir l'autorité de ceux de Bernhardy), je préfère revenir à ma
méthode d'établir juge le lecteur lui-même en lui fournissant
les matériaux, groupés, il est vrai, avec intention.

Si seulement sa Delia est avec lui à la campagne, il ne demande rien de plus, avec elle il serait heureux dans une forêt
isolée, et sa seule présence lui servirait de lumière [2] :

Tu mihi curarum requies, tu nocte vel atra
Lumen, et in solis tu mihi turba locis.

(IV, 13.)

_____

[1] Ou du moins, d'après Dissen, à 40 ans.
[2] Il est à remarquer que cette poésie-ci est une de celles, fort rares, du 4ᵐᵉ
Livre, qui sont très probablement de Tibulle.

Ainsi la solitude avec elle se peuple pour lui ; auprès d'elle que lui importent les vents déchaînés, c'est même une volupté de plus :

> Quam juvat immites ventos audire cubantem
> Et dominam tenero continuisse sinu.
>
> (I, 1.)

Pour être sensuel, le contraste n'en est pas moins senti. Tibulle sera même heureux, il le croit du moins, en travaillant comme un simple campagnard [1] ; mais je suis porté à croire que si Delia était repartie pour Rome, Tibulle n'aurait pas hésité longtemps entre sa maîtresse et ses petits bonheurs champêtres. Les amoureux se ressemblent tous : ils aiment la nature, mais comme auréole autour de l'objet de leur passion. A en juger par quelques passages, Delia goûtait les champs, mais à petite dose : pour toutes les femmes de cette espèce, l'atmosphère qui les fait prospérer, c'est l'air de la grande ville et non l'air de la campagne. Aussi, quand un caprice fait quitter Rome à Némésis, sa seconde flamme, comme Tibulle s'empresse de la suivre !

> Rura meam, Cerinthe, tenent villæque puellam,
> Ferreus est, eheu, quisquis in urbe manet.
>
> (II, 3, v. 1 et 2.)

En d'autres termes, la durée des séjours de Tibulle à la campagne dépendait de Delia, de Némésis ou de quelque autre, et son affection pour la nature devait céder le pas à sa passion [2].

On s'attendrait, avec le caractère tendre et un peu mou de Tibulle, à trouver de fréquentes méridiennes, avec les couronnes de roses et le Falerne de rigueur. Il n'en est rien ; quand Tibulle parle des champs, c'est presque toujours en énumérant le charme des travaux rustiques. Est-ce l'exemple des Géorgiques qui l'a stimulé ? C'est possible, puisque Virgile travaillait à son poëme au moins 15 ans (en 717) avant la date probable

---

[1] Voyez 1, 1, vers 1-44 ; 1, 5, vers 21-37 ; II, 3, vers 5-10.

[2] L'auteur inconnu de l'élégie 8 du Livre IV, probablement écrite par une femme, va même plus loin ; sans son amant, la campagne lui est à charge :

> Dulcius urbe quid est ? an villa sit apta puellæ ?

de la mort de Tibulle. (735.) Cet intérêt pour les travaux des champs est particulièrement frappant dans la 1ere Elégie du L. II, à l'honneur de la fête des *Ambarvalia* (surtout v. 37-66).

Il est clair qu'un poëte comme Tibulle, mort 12 ans après la bataille d'Actium, devait apprécier le calme des champs par opposition aux bruits de guerre :

> Interea Pax arva colat. Pax candida primum
> Duxit aratores sub juga curva boves, etc.
>
> (I, 10.)

C'était plutôt encore un vœu qu'un fait accompli, car Tibulle, quoique plus jeune que Virgile, pouvait se souvenir des proscriptions qui avaient motivé les plaintes de la 1re et de la 9me églogue.

La vie de Tibulle fut courte, comme celle de Catulle et de Properce. Pendant une maladie qui fut peut-être sa dernière, il supplie la mort de l'épargner encore. Qu'a-t-il fait pour mourir si jeune ?

> Quid fraudare juvat vitem crescentibus uvis
> Et modo nata mala vellere poma manu.
>
> (III, 5.)

Ne croit-on pas entendre la jeune captive d'André Chénier répondre à ces plaintes :

> Je ne suis qu'au printemps, je veux voir la moisson,
> Et comme le soleil, de saison en saison,
> Je veux achever mon année !

Avec Properce, contemporain de Tibulle et mort trois ans après lui, nous rentrons dans le monde d'Auguste et de Mécène, auquel Tibulle ne s'était pas mêlé. Properce est en même temps le plus passionné et le plus érudit des lyriques romains. Il affiche sa passion dans tout son sensualisme, ainsi que son érudition alexandrine dans toute son obscurité maniérée. Ce contraste se retrouve dans sa manière de sentir la nature et déroute quelquefois ses rares lecteurs ; mais je crois que quiconque aura surmonté les obscurités de son style, lui rendra le témoignage qu'il sentit la nature plus intimement que Catulle et Tibulle [1].

Comme Tibulle, il ne demande qu'à vivre à la campagne avec sa Cynthia, ou bien au bord de la mer, et il lui dit en fort beaux vers ce qu'on a un peu ironiquement condensé en deux mots : une chaumière et ton cœur !

> Unum littus erit sopitis unaque tecto
> Arbor, et ex una sæpe bibemus aqua.
> (II, 26, v. 31, 32. Edit. Hertzberg.)

Plus expansif que Tibulle, il nous apprend une des raisons pour lesquelles il est bien aise que Cynthia aille aux champs, même sans lui ; la jalousie de Properce sera plus tranquille que s'il la savait à Rome :

> Sola eris, et solos spectabis, Cynthia, montes
> Et pecus, et fines pauperis agricolæ.
> (II, 19.)

Lui-même, dans une autre élégie, mollement couché au bord du Tibre, prend plaisir à voir glisser les embarcations ; à laisser errer son regard sur ces forêts qui lui rappellent celles du Caucase, mais bientôt le cri de la passion proteste :

> Non tamen ista meo valeant contendere amori !

Ailleurs cependant, et voilà qui était nouveau dans l'antiquité latine, il cherche sa consolation dans la nature même, car il en fait son confident. Cette élégie remarquable pour l'époque, quoique dépassée aujourd'hui, est la 18e du L. I [2]. Non-seulement il cherche les lieux déserts :

> Hic licet occultos proferre impune dolores
> Si modo sola queant saxa tenere fidem.

Mais il fait appel à ces arbres dans l'écorce desquels il a gravé

---

[1] J'ai remarqué avec plaisir que Motz, qui ne cite presque jamais Catulle ni Tibulle, cite fréquemment Properce ; Bernhardy, très favorable à Properce, ne relève pas ce côté de son talent.

[2] Voy. aussi I, 1, v. 9-15, mais là ce n'est qu'une imitation hellénique.

souvent le nom de Cynthia, et il termine par cette dernière consolation :

> Sed qualiscunque es, resonent mihi Cynthia silvæ
> Nec deserta tuo nomine saxa vacent.

C'est le premier pas vers le retour à la nature d'un individualisme qui ne sait plus où s'appuyer, la religion, la vie col-
lective, le patriotisme, l'amour l'ayant successivement aban-
donné.

Catulle, nous l'avons vu, commence à voir dans la mer autre chose que des orages, tandis que Tibulle, qui pourtant
avait aussi voyagé, partage la répugnance traditionnelle des Romains. Dans Properce, les orages jouent aussi leur rôle, surtout pour détourner Cynthia de quelque voyage ou pour l'api-
toyer sur le sort de son amant[1] ; mais, dans un élan de passion, pourvu qu'il soit avec elle, il affrontera sur mer les vents
et la foudre :

> Illa meis tantum non unquam desit ocellis,
> Incendat navem Jupiter ipse licet.

> (II, 26, v. 41, 42.)

Puis, la mythologie maritime est encore plus à son aise dans
les vers de Properce que dans ceux de Catulle : on y trouve
Neptune, des Nymphes de toute nature, des dieux de fleuves
de tout pays. Properce a même des vers fort gracieux sur le
charme caressant des flots du golfe de Cumes, près de Naples,
le long du rivage de Baïes[2] ; mais il se défie avec raison du voluptueux balancement des gondoles de ces bains à la mode, et
supplie Cynthia de quitter ce séjour dangereux pour la vertu
féminine. Il connaissait sa Cynthia !

La lumière de la lune brille extrêmement rarement dans les
vers de Catulle et de Tibulle, si ce n'est, comme dans Horace,
à propos de sortilèges. C'est à peine s'il y a progrès à cet égard
chez Properce. Le seul exemple un peu significatif que j'aie su
trouver, c'est dans la 3ᵉ élégie du L. I, dans ce piquant récit,
relativement chaste, où le poëte, attardé et égayé par le vin,

[1] I, 8 et II, 26, v. 1-20 ; I, 17.
[2] I, 11, v. 9-16.

trouve son amante endormie, où ses baisers et ses discrètes agaceries respectent son sommeil, mais où la lumière de la lune, moins scrupuleuse, éveille brusquement Cynthia, qui lance à Properce, séance tenante, une bordée de reproches sur ses retards et son infidélité.

Properce n'est pas seulement poëte élégiaque, il a écrit aussi des poésies patriotiques. Là apparaît un nouveau filon, déjà visible dans Tibulle, largement exploité dans la suite, entre autres par Ovide, le contraste poétique entre les bergers, les troupeaux, les chaumières de la Rome antérieure pour ainsi dire à la vraie Rome, et les splendeurs de la Rome contemporaine de ces poëtes [1]. Aujourd'hui, chaque poëte et même chaque voyageur, depuis Châteaubriand jusqu'au touriste le plus prosaïque, est saisi par le contraste inverse, par les ruines, le silence et la misère qui ont succédé aux édifices de marbre, au bruit et au luxe de l'ancienne maîtresse du monde. La grandeur du paysage romain est probablement plus imposante au sein de la décadence qu'elle ne le fut au milieu de la prospérité.

J'ai dit que le sentiment de la nature occupe une place de plus en plus importante à mesure qu'on passe de Catulle à Tibulle, puis à Properce, puis à Ovide. Ce qui ne signifie pas qu'Ovide ait aimé plus intimement la nature que Tibulle ni que Properce, ni surtout que Virgile, mais il en parle plus souvent, avec plus de variété, et surtout, grâce à son talent brillant et subtil, il arrive à des nuances toutes nouvelles pour les Romains de son temps. Ovide fut avant tout un poëte de société, l'isolement de la campagne n'était pas son affaire ; mais comme ses poésies étaient extrêmement lues au début de l'empire, beaucoup plus que celles de ses contemporains, elles nous permettent de mesurer le progrès que l'intelligence de la nature, plus ingénieuse qu'intime, il est vrai, avait fait depuis l'avènement d'Auguste. Ces restrictions faites, il est permis de dire qu'aucun poëte latin ne contribua autant qu'Ovide à populariser la nature auprès du grand public [2].

---

[1] Tibulle II, 4 ; Properce IV ; *El.* 1, 2, 4 et 9.
[2] Si, d'ordinaire, Ovide a été jugé moins favorablement à ce point de vue spé-

Les Héroïdes, sur l'authenticité desquelles la critique allemande n'est pas d'accord, sont à beaucoup d'égards un ouvrage
manqué ; la monotonie et les exagérations sont inévitables dans
cette soi-disant correspondance entre des héros et leurs amantes. D'ordinaire, on les condamne en bloc sans les lire, c'est
plus commode.

A mon point de vue spécial, les Héroïdes sont très riches. Je
ne parle même pas d'une foule de descriptions, de comparaisons empruntées à la nature, et semées avec la profusion d'O-
vide. Je ne cite qu'une seule de ces comparaisons, qui, si elle
était dans Virgile ou dans Horace, serait connue de chacun.
Il s'agit d'une amante plus légère que la feuille sèche, le jouet
des vents :

> Tu levior foliis, tunc cum sine pondere succi
> Mobilibus ventis arida facta volant, etc.
> (Edit. Mitscherlich. *Hér.* V, 109, etc.)

Ce qui est plus intéressant, c'est de relever comment le sentiment de la nature s'y mêle avec les peines ou les joies de l'a-
mour, plus fréquemment que dans Properce. S'il y a un peu
trop d'amantes éplorées au bord de la mer[1], il faut convenir
qu'Ovide sait analyser les analogies ou les contrastes plus fine-
ment que ses prédécesseurs ; ainsi, quand Laodamie, montée
sur un promontoire, voit disparaître le vaisseau qui emmène
son amant, elle s'écrie :

> Ac postquam nec te, nec vela fugacia vidi
> Et quod spectarem, nil nisi pontus erat,
> Lux quoque tecum abiit.
> (XIII, 21-24.)

cial, cela tient probablement à ce qu'on recule devant la perspective de parcourir ses 35 ou 36 mille vers. C'est ainsi que je m'explique ce jugement injuste de
Bernhardy (pag, 489, note 410), d'ailleurs plus qu'indulgent pour Ovide ; il signale comme lacune « der Mangel an warmen und mit feinem Gefühl ausgeführ-
ten Schilderungen der schönen Natur. » — Alex. de Humboldt est plus équitable,
quoiqu'il ne cite presque que des passages des *Métamorphoses* et des *Fastes* (Cosmos II, pag. 20 et 108). — Motz lui rend bien mieux justice (entre autres pag.
60, 61), mais ne cite pour ainsi dire que les *Tristes.* — Quant à M. Gebhardt, il
reste fort à la surface. (Pag. 149-152.)

[1] Entre autres *Hér.* 2, 5, 10, 13, 16.

Pour rendre justice à cette finesse de détails, il faudrait beaucoup citer ; je dois me borner à relever trois exemples, les plus
caractéristiques, je crois. D'abord, dans la 10e Héroïde, Ariane
abandonnée par Thésée ; elle décrit son effroi en se découvrant
seule, au moment de son réveil, à l'heure où retentit la plainte
des oiseaux à l'abri du feuillage ; elle appelle partout Thésée ;
l'écho seul lui répond :

> Et quoties ego te, toties locus ipse vocabat.

Elle gravit une montagne pour découvrir son amant ; épuisée
de douleur, elle se laisse tomber sur quelque pierre, aussi froide
elle-même que la pierre :

> Quamque lapis sedes, tam lapis ipsa fui.

Voilà la pente sans doute où de l'ingénieux on glisse dans le
bel esprit ; mais Ovide s'arrête à temps plus souvent qu'on ne
l'a dit.

Mon 2e exemple est tiré de la 15e Héroïde, de l'épître de Sappho à Phaon[1]. Sappho cherche dans les bois les places dont le
gazon a été foulé par son corps et par celui de son amant ; elle
veut toucher du moins l'empreinte de ce dernier :

> Agnovi pressas noti mihi cespitis herbas,
> De nostro curvum pondere gramen erat.
> Incubui, tetigique locum qua parte fuisti.
>   (XV, 147, etc.)

Lui absent, la nature semble mener deuil :

> Quin etiam rami positis lugere videntur
> Frondibus, et nullæ dulce queruntur aves.

Voilà, sauf erreur, la première chute des feuilles dans l'antiquité latine ; voilà, en tout cas, ce que j'ai lu jusqu'ici de plus
fin dans ce genre dans les poëtes romains.

Dans la dix-huitième Héroïde, Léandre se jetant à la mer

---

[1] Bernh., pag. 493, dans son examen de l'authenticité des *Héroïdes*, se prononce impitoyablement contre la 15e. Welcker penche plutôt pour l'authenticité ;
en tout cas, le passage en question, sinon le reste de la poésie, est tout à fait dans
l'esprit d'Ovide.

pour aller rejoindre Héro, est éclairé et accompagné par les
rayons tremblants de la lune :

> Luna fere tremulum præbebat lumen cunti
> Ut comes in nostras officiosa vias.
>
> (Voy. 59, 60, etc.)

La lune, dans Ovide, ne se borne pas à éclairer les amants,
comme dans Horace, Virgile ou Properce, elle sympathise avec
eux : nouveau progrès!

En passant des Héroïdes aux *Amores* et à l'*Ars amandi,* on est
frappé combien le sentiment de la nature y est moins fréquent.
Au fond, c'est naturel; il s'agit plutôt de libertinage que d'a-
mour, surtout dans l'*Art d'aimer,* et toujours de courtisanes de
la grande ville, sans goût pour la vie des champs. Et quand,
dans les *Remedia amoris,* Ovide conseille la vie rustique comme
un des moyens de se sortir de cette vie voluptueuse, on ne sent
que trop, à cette description un peu languissante (voy. 170-200),
que ce n'est là qu'un pis-aller, un remède. Ou bien, quand les
souvenirs de la nature se mêlent aux voluptés spirituelles mais
d'autant plus dangereuses des *Amores* et de l'*Ars amandi,* ils se
colorent eux-mêmes d'un reflet voluptueux (ainsi *Amores* I, 5);
ailleurs (*Amores* II, 16), tout en décrivant avec son esprit ha-
bituel les charmes de sa villa de Sulmo, il avoue que tout lui
manque parce que sa Corinne n'y est pas.

Si l'idée fondamentale des *Métamorphoses* n'était pas d'origine
grecque et orientale, on pourrait savoir gré à Ovide de ce symbolisme quelquefois profond qui transforme une vie humaine,
arrivée aux dernières limites de la souffrance ou de l'angoisse,
en un animal, un végétal ou même un minéral, et qui peuple
la nature de personnifications poétiques; mais les quinze Livres
des *Métamorphoses* d'Ovide sont plutôt un brillant début du
roman qu'un recueil de symboles dans le sens hindou ou germanique. D'ailleurs, la nature dans les *Métamorphoses* est un
grand asile pour les infortunes humaines, mais c'est toujours
sur l'intervention de quelque divinité; puis l'être métamorphosé avait rarement des sympathies particulières pour la nature; elle est pour lui un refuge, un pis-aller; ce n'est pas une
patrie de prédilection qu'il rejoint avec bonheur.

Si Daphné (Liv. I), poursuivie par Apollon, est transformée en laurier, et si Apollon adopte dès lors le laurier comme son arbre favori, le sentiment de la nature n'a pas grand'chose à y voir, car la sympathie d'Apollon pour le laurier ne s'adresse pas à l'arbre, mais à celle qui sous ce masque est à l'abri de ses atteintes. Si la nymphe Aréthuse devient une source (V, 572 à la fin), c'est aussi parce qu'une divinité compatissante a pitié d'elle au moment où son persécuteur va l'atteindre, et Ovide ne songe point, lui si ingénieux et si peu sobre, à nous dire si, comme nymphe, elle avait souvent rêvé au bord des sources. Pourquoi Philomèle et Progné (L. VI) deviennent-elles rossignol et hirondelle plutôt qu'autre chose? Et d'ailleurs, quel nouveau charme cela peut-il donner à ces deux oiseaux? Ne peut-on dire enfin que ces métamorphoses, en mêlant à la nature des souvenirs précis, humains, et d'ordinaire rien moins qu'édifiants, modifient à son désavantage la poésie de la nature, qui consiste précisément en ce qu'elle est un symbole et non un mythe [1] ?

Ceci dit, il va sans dire que les descriptions de forêts, de sources, de frais vallons, d'orages (ainsi L. XI), etc., etc., ne manquent pas dans les *Métamorphoses*, sans être trop prolixes [2], mais sans rien offrir de particulier. Ovide s'efforce de varier, et ses aurores ne sont pas coulées dans un même moule, comme celles d'Homère ou de Virgile [3].

> At pater ut terras, mundumque rubescere vidit
> Cornuaque extremæ velut evanescere lunæ, etc.
>
> (II, 116, etc.)

Il y a des morceaux dignes d'être cités, entre autres ce silence de la nuit au milieu duquel éclatent les imprécations de Médée. (VII, 180-200.) Mais l'abondance même de ces descriptions ou de ces comparaisons empêche de s'y arrêter : dans

---

[1] Voy. sur ce dernier point les remarquables idées développées dans la brochure de M. Hornung : *Quelques idées sur la place qu'a occupée la nature*, etc. (entre autres pag. 2, 16 et 17.). — Extrait de la *Bibliothèque universelle*, 1847.

[2] A quoi bon cependant tout ce catalogue d'arbres. (X, 85-105.)

[3] Cet effort au reste est encore plus visible dans les *Fastes*.

Horace ou dans Virgile, on les relèverait probablement une à
une; dans Ovide, il faut se contenter d'indiquer leur existence.

Malgré leur titre, les *Fastes* sont plutôt une succursale des
Métamorphoses qu'un poëme didactique sur les diverses fêtes
du calendrier romain. Ils sont donc bien plus productifs pour
notre sujet qu'on ne le croirait, d'autant plus que les six Livres
qui nous ont été conservés racontent précisément les fêtes des
six premiers mois, l'époque du printemps et des premiers
fruits. Sans doute, il ne faut pas demander à Ovide une vue
d'ensemble sur la nature, ni dans les *Fastes* ni ailleurs, mais
dans aucun de ses ouvrages le printemps n'a été chanté si souvent. Déjà dans le Livre I, consacré au mois de janvier, il regrette que l'année ne commence pas au printemps, car :

> Omnia tunc florent : tunc est nova temporis ætas
> Et nova de gravido palmite gemma tumet,
> Et modo formatis amicitur frondibus arbos.
>   (I, 150, etc.)

Pour le choix et la peinture des détails, Ovide l'emporte sur
tous ses prédécesseurs, Virgile y compris :

> Tum blandi soles ; ignotaque prodit hirundo
> Et luteum celsa suc trabe fingit opus.

Au mois de février, le mois de la purification, il signale les
avant-coureurs du printemps, et en avril, consacré à Vénus, il
chante son triomphe définitif :

> Nec Veneri tempus, quam ver, erat aptius ullum :
> Vere nitent terræ ; vere remissus ager
> Nunc herbæ rupta tellure cacumina tollunt, etc.
>   (IV, 125, etc.)

La principale différence entre les récits des *Métamorphoses*
et ceux des *Fastes*, c'est que ces derniers ne sont pas seulement mythologiques, mais aussi relatifs aux premiers temps de
Rome. Dans ces deux groupes, le sentiment de la nature est
fréquent. Un des plus gracieux récits mythologiques des *Fastes*, c'est, avant l'enlèvement de Proserpine, la description de
cette jeune fille qui cueille des fleurs dans les prairies, sans se
douter du danger qui la menace. (IV, 425-445.) Dans les récits

des temps primitifs de Rome, le contraste entre le passé et le présent amène des vers comme ceux-ci :

Hic, ubi nunc Roma est, incœdua silva virebat
Tantaque res paucis pascua bubus erat.

Voilà une concision pittoresque qui le dispute à Virgile et à Horace.

Avant qu'Ovide eût mis la dernière main aux *Métamorphoses* et aux *Fastes*, une sentence d'Auguste le reléguait à Tomi, sur les bords de la mer Noire, dans un exil lointain. Il est des talents que l'épreuve mûrit, d'autres qu'elle dessèche prématurément, mais en général elle rapproche l'homme de la nature. S'il n'en a pas été ainsi pour Ovide, la faute n'en est pas seulement à lui, dont le caractère le portait vers la société et non vers l'isolement, mais surtout au climat inhospitalier de son lieu d'exil. Cet Italien du midi se sentait dépérir pendant ces longs hivers ; le contraste lui fit sans doute regretter cruellement les beautés de sa terre natale, mais ces neuf ans d'exil, au bout desquels la mort vint le délivrer, l'abattirent trop pour permettre à son talent de tirer de ce contraste tout ce qu'il aurait pu : comme nous le verrons, il se répète, non pas seulement dans ses plaintes d'être éloigné de Rome, mais aussi dans sa manière de parler de la nature. En revanche, si son talent fut abattu par l'épreuve, sa valeur morale y gagna : presque rien de ce qu'il écrivit pendant son exil n'est licencieux ; il ne parle plus de ses maîtresses de Rome, et son affection redouble pour sa femme, la troisième, à laquelle il adresse plusieurs de ses élégies.

Autant les orages maritimes décrits ordinairement par les poëtes latins nous laissent froids, car ils ne sont guère qu'une réminiscence de ceux d'Ulysse dans l'Odyssée, autant ils sont légitimes, pour ainsi dire, dans les *Tristes* ou les *Pontica* d'Ovide, car là il raconte ce qu'il a souffert lui-même. Obligé d'affronter la mer en décembre, à une époque où d'ordinaire toute navigation était interrompue, le pauvre Ovide, sans faire précisément naufrage, essuya plus d'un orage, et son âme, déjà abattue, dut en être particulièrement affectée.

Il est singulier qu'il ne songe pas à comparer cette mer d'hiver, grisâtre et houleuse, avec la riante mer des côtes d'Italie, au bleu verdâtre, dont la blanche écume semble vous sourire. Il est singulier également qu'un esprit ingénieux comme le sien ne rapproche presque pas l'agitation de l'océan de celle de son âme. Dans les élégies qui racontent spécialement ses malheurs sur mer [1], on ne trouve guère, en fait de rapprochement, que ces deux vers :

> Cumque sit hibernis agitatum fluctibus æquor
> Pectora sunt ipso turbidiora mari.
>
> (I, 11.)

Et encore, c'est pour s'excuser auprès de ses lecteurs des imperfections de ses vers !

J'ai relevé ailleurs les exagérations de la poésie latine à propos des rigueurs de l'hiver ; ici encore Ovide a l'avantage de pouvoir parler *de visu*. Il n'y manque pas ; il est même inépuisable sur ce sujet : la mort de la nature, le sol gelé et recouvert d'une neige profonde, les fleuves dont la surface se durcit et qui continuent à couler sous leur croûte de glace, la mer elle-même qui se solidifie, tout cela frappe l'imagination mobile de cet enfant de Naples [2]. On peut pardonner à un exilé ces plaintes continuelles ; mais il faut constater qu'il n'a pas même entrevu la sévère majesté des paysages d'hiver. C'est peut-être trop demander d'un exilé, au premier siècle de notre ère. Il faudra que l'ancien monde fasse place au monde moderne, que le germanisme et le christianisme se pénètrent mutuellement, avant que la poésie de l'hiver soit comprise, tandis que celle du printemps, de l'été et en partie celle de l'automne sont accessibles d'assez bonne heure, même aux races gréco-latines.

Il était dans l'ordre des choses que ces longs hivers fissent jouir Ovide doublement du printemps. Cependant même alors (*Tristes*, III, 12), il ne peut s'empêcher de comparer intérieurement le printemps de Tomi avec celui d'Italie (que ne le fait-

---

[1] Voy. *Tristes* I, *El.* 2, 4, 10 et 11.
[2] Voy. surtout *Tristes* III ; *El.* 5 et 10. — *Pontica* I, 3 ; III, 1.

il aussi dans ses vers !), et je me figure qu'il aurait dit volontiers, comme Voltaire à propos de l'été du nord de l'Allemagne, que c'est un hiver badigeonné en vert.

On le sait, l'automne pour l'antiquité classique, c'est presque toujours le fruit qu'on récolte, presque jamais la feuille qui tombe et qui, avant sa chute, prend une couleur de fête. Il est donc doublement intéressant de trouver chez l'exilé de Tomi ces vers d'une mélancolie moderne :

> Quique per autumnum percussis frigore primo
> Est color in foliis, quæ nova læsit hiems
> Is mea membra tenet.
>
> (*Tristes* III, 8. v. 29, etc.)

Cela seul suffirait pour donner à Ovide une place à part dans l'histoire du sentiment de la nature.

Le regret de la patrie absente, tel est le souffle un peu monotone qui fait vibrer la lyre des *Tristes* et des *Pontica ;* mais Ovide regrettait-il aussi la nature italienne, indépendamment de ses plaintes touchant les orages de la mer et les frimàs d'un long hiver ? La patrie comprend, il est vrai, la terre natale aussi bien que les institutions et les hommes qu'elle produit, et il est malaisé de distinguer entre ces éléments ; ici il le faut cependant.

Si Ovide regrette constamment Rome, il ne lui arrive pour ainsi dire jamais de soupirer après le ciel de l'Italie ou après les paysages connus dès son enfance. Dans la touchante élégie (*Tristes* I, 3) où il raconte sa dernière nuit à Rome, sa séparation d'avec les siens, on comprend que la nature soit absente, mais elle l'est semblablement de la plupart de ses plaintes [1]. Voici le seul passage que j'aie trouvé, et encore n'est-il pas fort caractéristique :

> Felix qui patitur, quæ numerare potest
> Quot frutices silvæ, quot flavas Tibris arenas
> Mollia quot Martis gramina campus habet
>
> (*Trist.* I, v. 30, etc.)

---

[1] Même *Pontica* I, 8, v. 33-74, où il renonce vo'ontiers à Rome, à ses jardins où il est prêt à se contenter de la vie d'un simple paysan, si seulement Auguste lui permettait de revenir.

Il faut le répéter, l'éloignement de Rome épuisa non-seulement la force vitale du poëte, mais aussi son talent ; mais nous ne lui dirons pas adieu sans redire ces plaintifs accents du *heimweh* dont la douceur atteste la sincérité :

> Nescio qua natale solum dulcedine captos
> Ducit et immemores non sinit esse sui ;
> Quid melius Roma ?

(Pont. I, 3, v. 35, etc.)

§ 4.

Les prosateurs du temps de Cicéron et d'Auguste.

CICÉRON. VARRON. CÉSAR. SALLUSTE. TITE-LIVE.

Ce sont de grands noms qui figurent en tête de ce chapitre ; néanmoins, il ne sera nullement un des plus importants de ce travail. La raison en est simple : le sentiment de la nature avait déjà déserté la religion pour la poésie, mais il n'avait pas encore acquis droit de cité dans la prose latine.

Ce n'est pas sans motif que les termes de sentiment et de poésie de la nature sont souvent confondus l'un avec l'autre, quoique à tort selon moi. Les vers resteront toujours l'interprète par excellence de nos impressions les plus poétiques ; cependant, le dirai-je, les traces du sentiment de la nature me touchent beaucoup plus chez un prosateur que chez un poëte, du moins à Rome, car là comme ailleurs, les descriptions de la nature ou les comparaisons plus ou moins renouvelées des Grecs étaient devenues, pendant l'époque que nous venons de parcourir, partie intégrante du bagage poétique. A dater de Virgile, un poëte qui se respectait devait essayer quelque aurore et s'extasier devant quelque printemps. Dans la prose de cette même période, un témoignage semblable a un tout autre cachet de spontanéité.

Il semble que les occasions de rendre ce témoignage ne devaient pas manquer aux orateurs, aux philosophes, aux histo-

riens. Les jouissances si répandues des villas et de la villégiature, les occasions fréquentes de voyager dans un état qui avait
des troupes ou des colonies sous les climats les plus opposés,
les guerres civiles enfin qui disséminèrent des Romains de tout
parti dans toutes les directions, n'avaient-elles pas transporté
déjà le sentiment de la nature dans le domaine de la vie réelle?
Néanmoins, on peut parcourir les débris érudits de Varron, les
tableaux concis de Salluste, les bulletins laconiques des guerres de César, les brillants et éloquents récits de Tite-Live, et
même presque toute la petite bibliothèque que Cicéron forme
à lui seul, sans se douter, pour ainsi dire, que ces gens-là sentaient la nature; et toutefois, ce serait leur faire tort.

On m'excusera de n'avoir pas pu dépouiller en entier tous
ces auteurs, du moins Cicéron et Tite-Live, cependant je crois
l'avoir fait suffisamment pour pouvoir motiver ce jugement.

Cicéron, cette âme mobile et par conséquent remplie de contradictions qui déroutent ses biographes, était né, qui l'aurait
cru, dans le rude pays des Volsques, à Arpinum, presque au
milieu des montagnes. A défaut d'autres analogies avec les
montagnards, il conserva une grande prédilection pour le séjour de son enfance. Arpinum était très frais en été, soit à
cause de ses collines élevées, soit grâce au confluent du Liris
(Garigliano) et du Fibrène. Aussi Cicéron s'y retirait volontiers
pendant les chaleurs et quand il avait besoin de solitude (ce
qui revenait souvent, mais ne durait pas longtemps). Les Cicéron étaient la *gentry* d'Arpinum; là était le toit de leurs ancê-
tres; là Quintus Cicéron avait une villa, distincte de la maison
de famille, dans laquelle son frère, l'orateur, surveille des ré-
parations en été (*ad Quintum* III, 1), et dont il loue les ombrages, l'abondance d'eau.

Mais l'endroit où Cicéron a donné vraiment carrière à son
affection pour le paysage d'Arpinum, c'est le passage si souvent
cité du *De Legibus* (II, 1-3). Que ce soit à l'imitation du Phèdre
de Platon qu'il place la scène de ce dialogue dans un lieu om-
bragé et entouré d'eau, c'est ce qu'on a suffisamment relevé.
Il rentre davantage dans mon sujet de signaler le patriotisme
local dans ce sentiment de la nature. Le dialogue entre Atticus

et les deux frères Cicéron est censé se passer auprès du confluent du Liris et du Fibrène, non loin du patrimoine des Cicéron, dans une petite île formée par les eaux glacées du Fibrène
« comme une arène propre à la dispute. » Cicéron dit entre autres : « Illo loco libentissime soleo uti, sive quid mecum ipse
cogito, sive quid aut scribo aut lego. » Atticus est ravi de ces
ombrages et de cette eau rapide, il avoue n'avoir jamais compris auparavant la prédilection de Cicéron pour cet Arpinum
qu'il se figurait pierreux et escarpé (*nihil nisi saxa et montes*).
Cicéron ajoute que quand il a quelque jour de libre, c'est là
qu'il se rend de préférence. Puis, c'est sa patrie, la demeure de
son père, de son grand-père : « Hic sacra, hic genus, hic ma-
jorum multa vestigia. Quid plura? hanc vides villam, ut nunc
quidem est latius ædificatam patris nostri studio, etc. » (Chap.
I, 3.)

Si les essais poétiques de Cicéron, surtout ceux de sa jeunesse, nous avaient été conservés, nous y verrions probablement plus de traces du sentiment de la nature que dans la plupart de ses écrits philosophiques ou de ses discours [1]. Dans son
poëme à l'honneur de Marius, aussi d'Arpinum, leur patrie
commune était certainement célébrée. *Pontius Glaucus*, un de
ses premiers essais, lu encore par Plutarque, est un pêcheur
qui, sous l'influence d'un breuvage magique, se sent attiré irré-
sistiblement par la mer, s'y précipite, devient immortel et rend
des oracles. Ce pouvoir enchanteur de la mer n'est pas d'origine romaine, comme on peut croire. Ce qui est de plus de
poids et montre le futur rival de Démosthènes attiré par le spectacle de l'univers, c'est le choix qu'il fit des *Phénomènes* d'Aratus, plus poétiques qu'astronomiques, pour les traduire en
latin.

L'affection de Cicéron pour ses villas est suffisamment connue. Sans doute toutes les fois qu'il s'y retire, il ne faut pas le
mettre sur le compte de ses goûts champêtres. Quand l'horizon
politique est menaçant, quand il s'agit de prendre un parti, de

---

[1] Voy. Drumann V, pag, 219, etc.

se compromettre peut-être inutilement, vite Cicéron prenait le chemin d'une de ses villas ; mieux encore, il promenait ses indécisions de l'une à l'autre : ainsi, à son retour de Cilicie, avant la guerre civile ; ainsi, pendant la dictature de César, quand sa vanité et aussi sa dignité souffraient à Rome ; ainsi, après le meurtre de César, au moment où les conjurés se réclamaient de lui ; ainsi enfin, dans les derniers jours de sa vie, poursuivi par la cruelle vengeance d'Antoine.

Il demandait aussi à ses villas les loisirs nécessaires pour composer ses écrits. Les traités philosophiques surtout, rédigés en grande partie pendant la dictature de César, rappellent la campagne. Dans les *Academica,* dédiés à Varron, le dialogue a lieu près de Cumes, où Cicéron et Varron avaient chacun une villa. Le *De finibus* a aussi pour scène le *Cumanum :* le nom même des *Tusculanes* rappelle la ville de Tusculum ; nous avons déjà vu que c'est à des entretiens près d'Arpinum que le *De legibus* doit naissance ; dans le *De oratore* (I, 7, 28), c'est sous un platane touffu que le dialogue a lieu.

Après la mort de Tullie, Cicéron cherche dans sa villa d'Astura non plus la sécurité comme homme politique, ni des loisirs féconds pour l'écrivain, mais un soulagement à sa douleur. Astura, non loin d'Antium, sur une île à l'embouchure d'un fleuve, entourée de forêts profondes et du murmure plaintif de la mer, était particulièrement sympathique à un cœur en deuil. Cicéron passa alors des jours entiers dans la solitude de ces bois épais. (*Ad Att.* XII, 15.) Mais ce sont là de ces jours de crise qui ne font pas règle. Quant à la fameuse lettre de Sulpicius, qui a toutes les qualités et les défauts des lettres de condoléance, et qui probablement consola fort peu Cicéron, elle cherche aussi des motifs de consolation dans le spectacle de la nature : les ruines d'Egine, de Mégare, du Pirée, de Corinthe arrachent au juriste Sulpicius ce soupir de résignation : « Item, nos homunculi indignamur, si quis nostrum interiit aut occisus est, quorum vita brevior esse debet, cum uno loco tot oppidûm cadavera projecta jaceant ? » (*Ad diversos* IV, 5.)

Le grand nombre des villas de Cicéron est une preuve de

l'intérêt qu'il leur portait [1]; à part celle d'Arpinum, héritée de
son père, il les acquit toutes au fur et à mesure, quoique sa position pécuniaire fût loin d'être brillante : c'était une époque où
tout le monde était endetté ! Celle de Tusculum, dans le quartier aristocratique, située très probablement au-dessus du Frascati actuel, en dessous de l'ancien Tusculum, était la plus somptueuse ; ce n'est pas le lieu d'énumérer ses statues, ses tableaux,
sa bibliothèque, ses portiques couverts, son parc, pour lequel
Cicéron avait fait venir des arbres et des plantes rares ; je ne
veux rappeler que cette vue admirable dont on jouit depuis les
coteaux de Tusculum. Quand l'œil du grand orateur était fatigué de se promener sur cette plaine qui à l'horizon se confond
avec la mer, ou de s'arrêter sur la ville tumultueuse et le Forum, visibles dans le lointain, il se reposait sur la verdure des
forêts ou suivait à l'horizon le profil des monts de la Sabine,
tandis que derrière lui se dressait majestueux le Mons Latinus,
la montagne protectrice des Latins.

La plupart de ses autres villas étaient le long de la mer, de
l'embouchure du Tibre au golfe de Naples. Celle d'Antium
avait le triple avantage d'être voisine de Rome, tranquille et
près de la mer. Au sud de celle d'Astura, mentionnée plus
haut, venait celle de Formies: c'est là que tomba la tête de
l'illustre vieillard, au moment où il allait s'embarquer pour
échapper à Antoine. Celles de Cumæ et de Puteoli, à deux
pas du fameux Baïes, étaient moins faites pour l'étude que
pour les jouissances de la nature et de la société, tandis que
celle de Pompéi invitait aux méditations solitaires.

Quoi de plus naturel que de penser que Cicéron, qui va jusqu'à appeler ses villas l'ornement de l'Italie, en parlera fréquemment dans sa correspondance. Eh bien! il n'en est rien;
à part les passages déjà cités, il en est rarement question.
D'ordinaire, il les mentionne simplement pour dire qu'il y va
ou qu'il en vient, rarement il s'arrête à en faire l'éloge [2], peut-

---

[1] Pour tout ce qui touche aux villas de Cicéron, voy. Drumann VI, pag.
387-395.

[2] Voy. sur son *Tusculanum*, *Ad Att.* I, 6; sur une autre villa, plus solitaire,
peut-être *Astura*, *Ad Att.* XII, 9.

être était-ce superflu à ses yeux. A part cela, je suis fâché de le dire, on ne trouve dans ses nombreuses lettres presque aucune trace du sentiment de la nature. Quoique la correspondance de Cicéron soit essentiellement politique, il y a bien des cas où je m'attendais à trouver dans ces épanchements souvent quotidiens le reflet des impressions produites par la nature extérieure; ainsi, pendant son exil, où il regrette continuellement Rome, ainsi durant son séjour comme gouverneur en Cilicie, où il se trouvait aux prises avec une nature tout autre que celle de l'Italie. Cette lacune méritait d'être relevée, car une douzaine de passages dans un millier de lettres prouvent peu de chose.

Dans les discours de Cicéron, à en juger par ceux que j'ai pu relire dans ce but, ces traces ne sont pas plus nombreuses, là même où le sujet semblait y inviter. Je ne citerai que le *Pro Archia*, le *Pro Milone* et *Les Verrines*. L'éloge de la poésie, dans le *Pro Archia*, conduisait naturellement à la poésie de la nature, mais Cicéron n'en dit pas un mot. En défendant Milon, quoi de plus conforme au ton pathétique qui domine dans ce discours et qui souvent le gâte, que de tracer un tableau animé de ce splendide paysage, à deux pas de Rome, souillé en quelque sorte par la perfidie de Clodius. Si Cicéron ne l'a pas fait, ce n'est certes pas par sobriété de goût! Dans *Les Verrines* le récit de ces dilapidations en Sicile n'amenait-il pas, à simple titre de contraste oratoire, quelques mots sur l'aspect pittoresque des villes si malmenées par Verrès? Tout au plus Cicéron a-t-il relevé (Vme discours, 26 et 27) l'ingénieuse façon dont ce voluptueux aristocrate tirait parti, pour ses plaisirs coupables, des roses du printemps et de la fraîcheur de la mer pendant la canicule. N'était-ce pas une excellente occasion de montrer comme quoi, chez des hommes comme Verrès, les sentiments les plus honorables, comme le sentiment de la nature, se gâtaient et contribuaient même à la licence?

Il ne serait pas difficile de passer en revue, dans le même esprit critique, la plupart des discours de Cicéron. Je préfère signaler, dans l'un de ses petits traités, le *De Senectute* (chapitre 15 et 16), quelques pages bien senties sur le charme de la vie agricole pour l'homme qui vieillit. Seulement Cicéron

n'a-t-il pas fait un anachronisme, instructif du reste, en les
mettant dans la bouche du vieux Caton? On se souvient que
dans tout son traité sur le *De re rustica*, il n'y a pas un mot
de sympathie pour la campagne; Caton aurait été fort étonné
de s'entendre tenir un langage aussi sentimental et dire par
exemple: « Venio nunc ad *voluptates* agricolarum, quibus ego
incredibiliter delector. » Cette réserve faite, ces pages font honneur à Cicéron.

Ce ne sont pas, ajoute ce Caton modernisé, les avantages
pécuniaires qui m'attirent vers la vie agricole, « sed etiam
ipsius terræ vis ac natura delectat. » Puis vient une énumération
vraiment poétique des diverses phases de la croissance végétale. Puis il entre dans des détails plus techniques, entre autres
sur la culture de la vigne; mais n'est-ce pas dans l'esprit de Virgile et non de Caton qu'est cette rapide comparaison: « eadem, ut
se erigat, claviculis suis, quasi manibus, quidquid est nacta, com-
plectitur, etc. » En revanche, cet éloge de la simplicité rustique
de l'ancienne aristocratie de Rome, c'est du Caton tout pur, de
même que cette admiration plus utilitaire qu'esthétique pour
un champ bien cultivé : « Agro bene culto nil potest esse, nec
usu uberius, nec specie ornatius. » C'était, quoiqu'il en soit,
une idée ingénieuse de montrer le vieillard, après les déceptions ou les fatigues de la vie, particulièrement sensible au
charme de la nature.

Dans les traités philosophiques ou oratoires de Cicéron, on
ne trouve rien sur le sentiment de la nature, si ce n'est dans
le *De Natura Deorum*. Ici nous rencontrons un filon tout nouveau [1]. Jusqu'ici nous avons pu relever dans la littérature latine
une sympathie plus ou moins ingénieuse pour la nature, quelquefois même une tentative de réduire en système ce sentiment
(ainsi dans Lucrèce et plus rarement dans Virgile), mais c'est
à peine si l'on peut citer un ou deux passages qui expriment
l'admiration proprement dite, en tout cas pas une admiration
religieuse. Pour la première fois, dans le *De Natura Deorum*, la

---

[1] Il est singulier que ni Humboldt, ni MM. Motz et Gebhart ne citent le *De
Natura Deorum*, excepté à propos du fameux passage d'Aristote, II, 37.

nature fait lever à l'homme les yeux vers le ciel comme vers une puissance créatrice. Ce progrès est immense, fût-il même dû à l'influence des philosophes grecs ; Cicéron a le mérite d'avoir transporté à Rome, grâce au souffle de sa prose éloquente, ce germe fécond.

C'est le L. II du *De nat. Deor.* qui a une importance capitale pour notre sujet. Mais, dira-t-on, ce second livre où Balbus développe les idées stoïciennes sur l'existence des dieux, est suivi du troisième, c'est-à-dire d'une réfutation en due forme par Cotta, et Cotta expose les idées de l'académie qui sur ce sujet étaient celles de Cicéron. Il est vrai; toutefois en examinant ce L. III, on se convainc que Cotta ne réfute point les arguments tirés de l'organisation de l'univers. Ainsi l'admiration religieuse de Balbus peut être mise sur le compte de Cicéron.

L'univers est pour Cicéron un sujet de contemplation : « Ipse autem homo ortus est ad mundum contemplandum et imitandum. » (II, 14.) Si nous admirons si peu, c'est notre faute, c'est parce que nous ne savons plus admirer ce que nous voyons chaque jour : « Sed assiduitate quotidiana et consuetudine oculorum assuescunt animi... proinde quasi novitas nos magis quam magnitudo rerum debeat ad exquirendas causas excitare » (II, 38), pensée juste et belle, coulée plus tard par Sénèque dans un moule plus accentué. (*Quest. nat.* VII, 1.) Les deux chapitres suivants, 39 et 40, énumèrent tout ce qui devrait exciter notre admiration ; il y a dans cette abondance quelque prolixité, mais aussi un sentiment poétique du charme des détails, surtout dans le chap. 39 relatif à notre globe [1].

Cicéron, et c'était beaucoup pour un Romain, parle même de la beauté de la mer : « At vero quanta maris est pulchritudo? quæ multitudo et varietas insularum? quæ amœnitates orarum et littorum. » Ensuite (chap, 40 et suivants) il passe aux astres, ce qui lui donne l'occasion de citer fréquemment sa traduction des *Phénomènes d'Aratus.* Déjà plus haut (15-22), en cherchant à rendre compte du merveilleux agencement des astres, Balbus ne pouvait se l'expliquer qu'en les faisant participer à la

---

[1] Voy. aussi sur la sage activité de la nature au printemps, *Tuscul.* V, 13.

nature divine. On reconnaît là la doctrine stoïcienne de Chrysippe.

Les Stoïciens divinisaient également le monde : Balbus n'est pas aussi explicite ; du moins, une heureuse inconséquence de Cicéron le porte à chercher quelque divinité, distincte du monde, vers qui s'élève son admiration. Ici les passages sont trop peu précis ou trop contradictoires pour permettre d'établir si cette divinité était complétement personnelle, si elle était une ou multiple aux yeux de Cicéron.

Une chose, du moins, est certaine, tout dans l'arrangement de l'univers conduit Cicéron à rendre hommage à une puissance créatrice et organisatrice : « Tantum vero ornatum mundi, tantam varietatem pulchritudinemque rerum cœlestium, tantam vim et magnitudinem maris atque terrarum si tuum ac non deorum immortalium domicilium putes, nonne plane desipere videare ? » Vous l'entendez, douter de l'existence de ces divinités ce serait être hors de sens.

Ce n'est pas là une exagération isolée échappée aux habitudes oratoires de Cicéron. Il arrive à cette conclusion, soit qu'il lève les yeux vers le ciel (chap. 15-22), soit qu'il examine, sur la surface de cette terre, la croissance des végétaux, les organes et le rôle des animaux (chap. 47-53), soit qu'enfin, dans un langage magnifique, il salue l'homme comme la créature la plus parfaite par son organisme et ses facultés (chap. 54-61), en faveur duquel le monde a été créé. (Chap. 62, 63.) Les grands hommes mêmes n'ont-ils pas quelque étincelle divine : « Nemo igitur vir magnus sine aliquo afflatu divino unquam fuit. » (66.)

Le L. II du *De natura Deor.*, malgré ce qu'il peut avoir de vague et d'insuffisant, inaugure donc une ère toute nouvelle dans l'histoire du sentiment de la nature à Rome : avec Cicéron, le Romain ne se contente plus de jouir de la nature ou de sympathiser avec elle, il balbutie une première prière d'adoration.

Le contraste est brusque en passant du *De natura Deor.* au *De re rustica* de Varron. Pour trouver de la poésie dans ce dernier écrit, il faut absolument le lire au sortir du *De re rustica* de Caton !

Il y a un contraste fondamental entre Caton et Varron, le premier étant avant tout un homme d'action qui n'écrit point par amour pour la science, le second étant au contraire le seul érudit illustre et solide qu'ait produit Rome, mais un caractère sans consistance politique. Malgré ce contraste, les ressemblances extérieures sont nombreuses : tous deux sont opposés aux novateurs, comme presque tous les érudits ; tous deux ont essayé une encyclopédie des connaissances de leur époque ; tous deux ont clos leur activité, à quatre-vingts ans, par un traité sur l'agriculture.

Si j'avais à faire ici une histoire de l'agriculture romaine, le traité de Varron mériterait une étude détaillée. Ce n'est plus un pêle-mêle de chapitres et de recettes, comme dans Caton, c'est un traité méthodiquement, même pédantesquement divisé et subdivisé. Mais il importe fort peu pour l'intelligence du sentiment de la nature de savoir que le L. I traite en 69 chap. de la culture des champs et des fruits, le L. II en 11 chap. de l'élève du bétail, y compris les bergers, le L. III, en 17 chap., de tous les animaux qui peuvent figurer dans une volière, un parc ou un vivier, jusqu'aux lièvres, aux loirs et aux escargots.

Toutefois, son sujet permettait çà et là à Varron de donner carrière à son sentiment de la nature, sans être infidèle à la solidité de rigueur dans un écrit didactique. Voyons s'il en a profité. Dans la préface vraiment gracieuse du L. I, adressée à sa femme, il l'exhorte à se vouer à l'agriculture, en profitant des conseils qu'il va lui donner, sur quoi il invoque avec beaucoup de conscience les douze divinités qui président aux travaux champêtres. Je ne sais quel âge pouvait avoir la femme de cet octogénaire, ni si elle a pu faire fructifier son domaine de façon à réjouir les mânes de son époux, mais je sais qu'il n'y a pas un mot dans cette préface qui fasse seulement allusion au charme de la vie à la campagne.

Voici peut-être ce qui va nous dédommager : au chap. second, Varron fait l'éloge de l'Italie comparée aux autres pays. Il énumère avec orgueil quelques-uns de ses produits, mais il n'a pas un mot pour la beauté de sa patrie. Au reste, ici ne soyons pas trop sévères, rappelons-nous Virgile dans les *Géorgiques,* dans

son éloge de l'Italie, plus poétique assurément, mais d'une tendance analogue. Poursuivons notre recherche; dans le chap.
12, Varron recommande de placer de préférence la maison de
campagne (il l'appelle une villa, mais c'est plutôt une ferme),
sur quelque hauteur; il a pour cela d'excellentes raisons, la
salubrité, la crainte des inondations, même celle des brigands,
mais il ne lui vient pas à l'idée d'ajouter qu'une belle vue n'est
pas à dédaigner. De la part de Caton, c'était tout naturel; de la
part d'un contemporain de Cicéron qui connaît à merveille les
villas d'Hortensius, de Lucullus et de tant d'autres, c'est bien
prosaïque. Et voilà tout pour le L. I.

Dans le L. II, je lui sais gré, à la rigueur, de ne pas nous
attendrir sur les vaches et leurs veaux, sur les ânes et les pou-
lains, mais ne pouvait-il dans son chapitre certainement fort
instructif sur les chiens laisser tomber un mot de sympathie
pour la fidélité de ces gardiens; le chien d'Ulysse semble inconnu à Varron. Les abeilles, dans le L. III (chap. 16) réussis-
sent à peine à lui inspirer un ton moins sèchement didactique,
quoiqu'on ait prétendu y voir un précurseur du poétique
monde des abeilles, dans le quatrième Livre des *Géorgiques.*

Le seul point de vue un peu relevé qui semble accessible à
Varron dans le *De re rustica,* c'est le point de vue patriotique.
Les anciens Romains étaient une race rustique : « Viri magni
nostri majores non sine causa præponebant rusticos Romanos
urbanis, » dit-il au début de son second Livre. La vie à la campagne est plus saine, moralement et physiquement, voilà la
seule morale qu'on puisse tirer du *De re rustica* de Varron, et
en général des écrivains romains sur l'agriculture.

Chez les historiens, le sentiment de la nature ne peut occu-
per qu'une place secondaire. En outre, il serait peu équitable
d'attendre d'un historien ancien les descriptions analytiques ou
pittoresques des grands historiens de notre siècle, qui vivent
dans un temps où l'amour pour la nature est si répandu, ni de
leur demander ce point de vue philosophique qui cherche dans
la nature d'un pays, dans son climat, dans sa végétation, dans
sa structure géologique et son aspect, une des clefs du caractère et de l'histoire de ses habitants, et qui, depuis Vico, Mon-

tesquieu et Herder ne peut être ignoré d'un historien moderne.
Toutefois, on est en droit d'attendre de Salluste, de César, de
Tite-Live, qu'ils cherchent, à propos d'une bataille, par exemple, à peindre le théâtre de la lutte, non point pour amuser ou
éblouir, mais pour éclairer notre esprit. Puis, l'historien romain
de la fin de la république a un théâtre autrement étendu que
l'historien grec : la scène se passe tour à tour dans l'Orient plus
ou moins fabuleux, dans les sables de l'Afrique, dans les montagnes de l'Espagne, dans les contrées encore peu connues de
la Gaule, enfin, depuis César, jusque sous le ciel gris et dans
les forêts mystérieuses de la Germanie ; autant d'occasions de
parler à l'imagination des lecteurs en même temps que de les
instruire. Je regrette de devoir dire que les historiens romains
ont presque complétement manqué à cette tâche.

Commençons par Salluste, sans nous demander s'il mérite la
réhabilitation morale qu'on a entreprise en sa faveur. Il est certain que ses jardins sur l'Esquilin (le Pincio actuel) étaient re-
nommés pour leur magnificence ; il est certain également que,
comme gouverneur de la province d'Afrique sous César, il a eu
le temps de voir à loisir le pays où se passe la guerre de Jugurtha. Voyons s'il en a profité.

Au chap. 17 de son Jugurtha, il éprouve le besoin, dit-il, de
décrire le pays en question. Intention louable, mais qui n'a-
boutit, comme description de la nature, qu'à cette esquisse
instructive mais fort insuffisante : « Mare sævum, importuo-
sum ; ager frugum fertilis, bonus pecori, arbore infecundus ;
cœlo terraque penuria aquarum. » C'est bien, mais c'est trop
peu : rien qui nous fasse sentir le soleil de plomb de l'Afrique,
l'influence de cette nature sur la vie plus ou moins nomade de
Jugurtha et surtout de Bocchus.

Dans les descriptions de localité, même sobriété qui va jusqu'à la pénurie ; à part quelques mots au chap. 48 sur le champ
de bataille du Méthule (à comparer par exemple avec le récit
bien plus clair de Mommsen, T. II, pag. 151), et au chap. 89
sur la position dans le désert de la ville de Capsa, il n'y a rien,
absolument rien, qui puisse prétendre au titre de description.

Dans la conjuration de Catilina, rien non plus, mais ici cette

lacune s'explique mieux, car il s'agit de localités bien connues
des lecteurs. Néanmoins, une absence aussi complète du sentiment de la nature est caractéristique chez un écrivain qui
passe à bon droit pour rechercher le brillant et les contrastes
pathétiques.

De la part de César, cela ne peut nous surprendre; dans un
récit laconique comme celui de la *Guerre des Gaules* et de la
Guerre civile, qui dédaigne pour ainsi dire tout ce qui s'écarte
du simple exposé des faits, qui se refuse jusqu'aux portraits et
s'accorde assez peu de discours, deux hors-d'œuvre pour lesquels les historiens romains ont toujours eu un si grand faible,
dans un tel récit il n'y a pas place pour le sentiment de la nature. Je suis persuadé que l'âme souple et raffinée, mais généreuse et éloquente du grand homme sentait la nature aussi vivement que n'importe qui de ses contemporains. Mais cette
opinion, je l'avoue, ne s'appuie ni sur les huit Livres *de Bello
Gallico*, ni sur les trois Livres *de Bello Civili*[1].

Dans le récit de la guerre civile, le théâtre de la guerre est
tantôt en Italie, tantôt en Espagne, en Dalmatie, à Alexandrie,
c'est-à-dire dans des contrées connues de longue date; mais
dans la guerre des Gaules, en parlant des Helvètes (L. I), des
Suèves, comme type de la race germanique (L. IV), des Bre-
tons et de leur île (L. V), enfin de l'héroïque défense d'Alesia
(L. VII), quoi de plus naturel que de peindre en quelques mots
à ses lecteurs romains ce qu'étaient ces contrées peu connues
ou même ignorées. César en a jugé autrement. Il n'a pas un
mot d'admiration pour le Léman ou d'effroi pour les Alpes;
l'immense fleuve du Rhin, que les Romains voyaient pour la
première fois, serait à peine mentionné s'il n'était si difficile d'y
jeter un pont; et si la marée des côtes de Bretagne n'avait en-
dommagé ses vaisseaux et effrayé ses soldats, je doute que César en eût parlé. Lui-même, au dire de Suétone (chap. 56), à
quoi employait-il ses loisirs dans l'une de ses traversées des
Alpes? à composer un traité de grammaire, le *De Analogia* !

---

[1] Peut-être y avait-il quelque chose dans un de ses ouvrages perdus, son *Itinéraire* en vers, d'Italie en Espagne.

Tite-Live semblait mieux qualifié pour laisser voir son sentiment de la nature. Il est de Padoue, c'est-à-dire de cette molle
et chaude plaine lombarde, au pied des Alpes, qui fut aussi la
patrie de Virgile ; son talent est plutôt celui d'une âme sensible
et enthousiaste que d'un esprit profondément politique ; ses récits n'ont plus la concision de ceux de Salluste et ont cette ampleur qui permet de soigner aussi le cadre des événements ;
enfin, il appartient déjà à la première génération de l'empire,
il est plus jeune de 10 ans que Virgile et a 15 ans de plus
qu'Ovide.

Néanmoins, pour l'expression du sentiment de la nature, le
progrès n'est pas considérable de Salluste et de César à Tite-
Live. J'ai parcouru les deux tiers de ce qui nous reste de son
ouvrage, et j'y ai trouvé fort peu [1].

Dans les dix premiers livres, il n'y a rien qui vaille la peine
d'être relevé, quoique les premiers âges de Rome prêtent aux
peintures de la vie des champs, ainsi que les nombreux récits
fabuleux et les continuels prodiges où Tite-Live se complaît (et
avec raison en ce sens que c'est de la couleur locale).

Après la grande lacune à dater du L. X, le récit recommence
au L. XXI avec le passage d'Annibal à travers les Alpes. Ce
livre et les deux ou trois suivants sont ceux qui relativement
contiennent le plus pour mon sujet. Il serait injuste ici de reprocher à Tite-Live de ne parler que du côté effrayant des Alpes et non de leur caractère grandiose, car il raconte les périls
d'une armée de gens du midi qui luttent contre ces rochers de
glace, ces neiges fondantes et perfides. Il est intéressant, au
contraire, d'entendre Annibal (L. XXI, 30) rassurer ses Africains
en leur disant que les Alpes ne sont que des Pyrénées un peu
plus élevées, qu'elles ne touchent point au ciel, ce qui ne di-
minue guère la terreur de ces pauvres gens, arrivés au pied
de cette barrière gigantesque. « Nivesque cœlo prope immix-

---

[1] Motz cite les deux seules descriptions de localités qu'il y ait pour ainsi dire
dans Tite-Live, la position de Thaumaci (L. 32, 4) et celle de la vallée de Tempé
(L. 44, 6) ; mais comment peut-il ajouter pag. 51 : « Aus den häufigen und ein-
gehenden Beschreibungen von Gegenden in Livius, etc. » Que signifient trois ou
quatre rapides descriptions dans un ouvrage aussi volumineux !

tæ, tecta informia imposita rupibus. » (32.) Mais quand, arrivé
enfin au sommet, Annibal montre ou plutôt prophétise à ses
soldats les plaines fécondes de l'Italie, Tite-Live aurait dû tirer
meilleur parti de l'antithèse entre ces deux natures, et de celle
entre le présent et l'avenir.

Dans ces livres XXI-XXIV, Tite-Live se montre vraiment pré-
cupé de l'influence des saisons ; il décrit avec quelques détails
l'effet désastreux de la grêle et du vent pendant cet orage qui
fond sur les soldats d'Annibal, au milieu des Apennins (L. XXI,
58), puis le découragement de ces mêmes soldats dans les ma-
rais toscans. (L. XXII, 2.) Quand l'occasion s'en présente, il relève avec soin le caractère des localités propres aux embûches.
Le vallon resserré qui fut le champ de bataille de Trasimène
est du moins esquissé (L. XXII, 4), ainsi que ce brouillard qui
se dissipe.

En revanche, dans les dix livres suivants (L. XXV-XXXIV), ce
filon disparaît pour ainsi dire complétement, quoique là le théâtre
de la guerre soit transporté en Sicile, en Espagne, en Afrique,
en Asie mineure, sur mer. Il semble donc que le sentiment de
la nature n'ait réussi à se faire jour, ni au commencement ni à
la fin, mais seulement au milieu de la gigantesque entreprise
de Tite-Live, de même qu'on peut remarquer une certaine hé-
sitation dans les premiers livres et un peu de lassitude dans les
derniers.

Si ce travail avait pour but de réunir une simple anthologie
extraite des auteurs où le sentiment de la nature est le plus
vif, ce chapitre serait en grande partie superflu, mais mon but
est tout autre : c'est de dire franchement ce qui a été, d'indiquer les lacunes aussi bien que les sentiments en relief, de suivre sans impatience comme sans parti pris le développement
souvent lent et toujours incomplet du sentiment de la nature
dans l'antiquité latine.

TROISIÈME PÉRIODE

EMPIRE ET DÉCADENCE

Ouvrages consultés : Les mêmes que pour la IIe Période. — En outre, *Becker*, Gallus, tom. I et III. (2e édition, très augmentée. Leipsig 1849.) — *V. De Laprade*, Du sentiment de la nature avant le christianisme. Paris 1866 [1].

§ 1.

Le raffinement de la civilisation, favorable au sentiment de la nature. — Les villas et leurs parcs. — Peinture de paysage.

Il y a et surtout il y avait des critiques pour lesquels, au delà du siècle d'Auguste, tout est décadence : à les en croire, la déclamation et le bel-esprit leur gâtent jusqu'à Tacite et Sénèque. Pour eux, le sentiment de la nature atteint son apogée à l'âge d'or, avec Virgile, et dès lors il ne peut que décroître [2].

Il n'en est rien ; le sentiment de la nature, à beaucoup d'égards, va au contraire en progressant sous l'empire. Il pénètre dans la foule, il devient plus vif et plus fin dans les esprits délicats. C'est le contraire qui devrait nous étonner.

---

[1] Cet ouvrage m'est parvenu trop tard pour l'utiliser pour les deux périodes précédentes ; du reste, sur 430 pages, une quarantaine seulement sont consacrées à l'antiquité latine.

[2] On est peiné de voir M. De Laprade, dans son récent et bel ouvrage, suivre à peu près la même routine académique. Il n'a pas un mot pour Sénèque, ni pour les deux Pline, et ne cite dans toute cette période que la *Pharsale* de Lucain !

De même que dans l'histoire de l'humanité l'orient, panthéiste et épris de la nature, précède l'antiquité classique qui divinise l'homme en Grèce et presque la cité à Rome, de même dans l'histoire de chaque peuple une sympathie instructive et religieuse pour la nature précède l'époque de maturité; Rome, sa religion primitive en fait foi, n'a point fait exception. Mais, ceci accordé, il est naturel qu'un peuple dans toute la force de son activité agisse au lieu de contempler la nature; plus tard, lorsque viennent les loisirs forcés ou que son activité extérieure est prématurément brisée, ce même peuple retournera vers la nature avec plus de sympathie et avec un esprit douloureusement ouvert par l'expérience. En est-il autrement dans la vie individuelle? Où est l'enfant qui ne soit plus heureux au sein de la nature, sans qu'on puisse dire qu'il la comprenne, ni même qu'il l'aime; dans la force de l'âge, quand on est actif, on s'occupe plus rarement de la nature; c'est dans les heures de rêverie ou d'amour, dans les périodes de défaillance physique ou morale, c'est à l'approche de la vieillesse, que l'homme regarde la nature non plus seulement avec sympathie ou avec admiration mais avec attendrissement. Il ne traite plus avec elle d'égal à égal, comme dans l'élan de son activité; il ne sait ou n'ose plus s'absorber en elle comme dans ses jeux enfantins; il est essentiellement attiré vers elle par le pressentiment qu'elle a ce qui lui manque: la sérénité, la durée, le don du rajeunissement.

La Rome impériale devait particulièrement diriger les esprits du côté de la nature. Le patriotisme avait été jusqu'alors presque l'unique idéal du Romain; mais ce patriotisme, dans la république romaine, devenait nécessairement polémique; l'empire ayant tué les partis politiques blessa mortellement par contre-coup le patriotisme lui-même, qui malheureusement ne se dédommagea qu'en partie du côté de l'esprit municipal. A défaut d'idéal politique, le Romain avait-il la ressource de la foi au progrès, le sentiment de la fraternité des nations? Les jurisconsultes l'avaient en partie; les autres esprits cultivés, fort peu. La plupart des nobles âmes se cramponnèrent avec un enthousiasme digne d'éloge à la morale stoïcienne, et travail-

lèrent à leur perfectionnement moral[1]. En même temps, la
tristesse de la société les poussait vers la nature ; les plus grands
noms de cette époque, Sénèque, Lucain, les deux Pline, Tacite
penchent vers le panthéisme, vers un panthéisme, il est vrai,
qui n'exclut pas la morale stoïcienne[2]. Le despotisme impérial
enfin, qui pesait surtout sur l'ancienne aristocratie et sur les
classes riches, avait un poids d'autant plus lourd qu'on était plus
voisin du palais des Césars. Ainsi, à tous égards, la société romaine avait besoin d'un refuge et était portée à le chercher
dans le sein de la nature.

J'ai déjà parlé ailleurs du grand nombre des villas, parce que
déjà du temps de Cicéron et d'Auguste les environs de Rome,
surtout vers les collines de Tibur ou de Tusculum, ainsi que
les rivages de la Méditerranée, surtout du littoral étrusque au
golfe de Naples, étaient parsemés de maisons de campagne. Ce
nombre dut s'accroître encore sous l'empire : on s'éloigna toujours plus de Rome, soit pour des raisons politiques, soit pour
des motifs d'économie ou de tranquillité. La région des villas
s'étendit bientôt au delà de l'Italie.

Je n'ai pas parlé, dans la IIᵉ Période (chap. I), de l'arrangement des villas ni de leurs parcs, parce que la plupart de nos
renseignements nous viennent des deux Pline, de Stace, de
Martial, bref, d'écrivains de l'empire. Le moment est donc venu
de faire plus ample connaissance avec la villa romaine. Je ré-
serverai cependant pour le chapitre consacré à Pline-le-Jeune
ce qui est plus particulièrement relatif à ses villas de *Laurentum* et du *Tuscum:* le séparer de ses chères villas, ce serait
presque un barbarisme ! Du reste, il ne peut être question ici
d'essayer une description d'une villa romaine ; je me bornerai
à mentionner ce qui atteste directement une préoccupation de
la nature[3].

[1] Voy. entre autres une thèse de M. Martha, maintenant professeur à la Sor-
bonne, sur la *Morale pratique dans les Lettres de Sénèque.* Strasbourg 1854.

[2] Je constate volontiers et avec reconnaissance que quelques-unes de ces idées
m'ont été inspirées directement ou indirectement par la brochure de M. Hornung ; entre autres passages, voy. pag. 7, 9, 20, 21, que je regrette de ne pouvoir
citer, faute de place.

[3] Pour tout ce qui touche à ce sujet, je m'appuie sur Becker, *Gallus,* T. I,

Passons sans nous arrêter devant la *villa rustica*, la ferme ; c'est du domaine de l'utile, cela ne nous regarde pas, quoique dans la basse-cour se promène et se démène tout un peuple ailé : des pigeons de toute espèce, y compris les pigeons messagers, des faisans assez difficiles à acclimater, en outre, tous les habitants bien connus de nos basses-cours, et surtout des troupeaux entiers de paons plus propres assurément à réjouir l'œil que l'oreille, mais d'un revenu très lucratif : le premier Romain qui pratiqua le noble art de les engraisser, se fit 60 mille sesterces par an (12 mille francs).

C'est, en général, quelque avenue de platanes qui nous amène à la villa proprement dite *(villa urbana, prætorium)*. La façade principale est formée par une longue colonnade, ce qui commence déjà à justifier le nom de *villa urbana* : en effet, la distribution de la villa est à peu près celle de la maison de Rome. La colonnade conduit à l'atrium, puis dans un petit péristyle ovale, un asile en cas de pluie, fermé de vitres à travers lesquelles on voit la mousse qui orne le bassin de l'*impluvium*, ainsi que le jet d'eau qui égaie et rafraîchit cette cour intérieure. Enfin, après avoir traversé toute la largeur de l'édifice, on arrive à une grande salle à manger, vitrée de trois côtés, car les fenêtres descendent *j*usqu'à terre. Quant aux autres pièces, bibliothèque, cabinets de travail, chambre à coucher, etc., les unes sont combinées de façon à absorber le plus de rayons de soleil possible en vue de la mauvaise saison, les autres de façon à rester fraîches au gros de l'été.

Toutefois nous ne sommes entrés dans la villa que pour en sortir, c'est-à-dire pour voir le parc. Déjà la terrasse devant la colonnade de la façade est en droit de nous étonner : que signifient ces arbres taillés à la serpe ? Voilà des avenues aux massives parois végétales qui nous feraient croire que nous sommes dans le parc de Versailles ou dans son rival, le jardin Boboli, à Florence. Quel anachronisme ! sommes-nous sur le point de

pag. 84-102, et surtout T. III, 26-38 : voy. aussi une monographie importante sur les jardins des Romains : Wüstemann, *Ueber die Kunstgärtnerei bei den alten Römern*, Gotha 1846, que je regrette de ne connaître que par les citations de Becker.

nous écrier. Voici même qui dépasse Versailles et Boboli : des plantes de buis, taillées de façon à représenter des lettres, et ces lettres si bien alignées qu'elles forment le nom du propriétaire. Le buis est naturellement la plante favorite des jardiniers qui poursuivent de tels tours de force ; les *topiarii* romains étaient parvenus à représenter des vaisseaux, même des animaux [1]. Un chef-d'œuvre dans ce triste genre, c'est assurément l'ours en verdure dont parle Martial (III, 19); mais s'il était inoffensif, sa gueule servit un jour d'asile à un serpent nullement artificiel qui blessa le pauvre Hylas. Si seulement cet accident avait pu faire disparaître cette ridicule manie, venue probablement de l'orient [2] et destinée à persister en Italie presque jusqu'à notre époque. Ainsi le jardin dit français, à son apogée sous le très classique Louis XIV, n'est autre qu'une résurrection du parc romain. Rendons à chacun ce qui lui revient !

Heureusement les Romains ont toujours été éclectiques : presque côte à côte de cette nature dénaturée, on trouvait dans leurs parcs les éléments de ce que nous appelons aujourd'hui le jardin anglais. Comme intermédiaire entre ces deux genres opposés, il faut citer l'avenue (*gestatio*) et l'hippodrome (et non *hypodromus*). La *gestatio* jouait un grand rôle : on s'y promenait à pied ou en litière, elle était volontiers formée de platanes. L'hippodrome, au milieu du parc, atteste le goût des Romains pour les courses de chevaux : là nous retrouvons le buis sous une forme plus naturelle et destiné à séparer les chemins.

Mais l'ami de la vraie nature n'était pas condamné à faire sa digestion le long de ces grandes avenues de platanes ou à suivre les circuits de l'hippodrome; il y avait pour lui des pelouses de gazon s'élargissant en prairies, rafraîchies par de vrais ruisseaux ; çà et là on rencontrait de petits lacs, embellis par des bosquets de lauriers (*daphnones*), de myrtes (*myrteta*) et surtout de platanes (*platanones*). Je suis fâché de faire encore une chicane aux parcs romains, ils abusaient du platane. Je n'ai jamais

---

[1] Pline, *Histoire naturelle.* L. XVI, chap. 33, 60.—Pline-le-Jeune, *Epîtres* V, 6, § 16. — Sur l'art de forcer à rester nains les platanes et les cyprès, Pline *H. N.* XII, 6.
[2] C'est du moins la supposition de Wüstemann.

compris cette prédilection des anciens, des Grecs comme des
Romains, pour un arbre aussi massif, aussi peu varié que le
platane. Il est clair que son grand mérite à leurs yeux c'était son
ombrage touffu, mais combien le marronnier, le châtaignier,
le chêne ou le noyer sont plus pittoresques, pour ne citer que
des arbres dont le feuillage puisse tenir tête au soleil du midi.

Quoiqu'on ne puisse pas encore porter de jugement définitif
sur la flore familière aux Romains, malgré le L. XXI de l'*Histoire
naturelle* de Pline, on peut affirmer qu'elle était bien moins va-
riée que celle de nos jardins ; plusieurs de nos fleurs les plus
gracieuses ou les plus brillantes leur étaient inconnues, comme
les pensées, les capucines, le réséda, les dahlias, les lilas, toute
la brillante tribu des géraniums, des fuchsias, des azaléas. Les
fleurs les plus fréquentes dans leurs jardins, c'étaient les violettes et les roses, puis les fleurs à oignons, telles que les jacin-
thes, les narcisses et les crocus, etc. La rose, nous l'avons déjà
vu à propos d'Horace, est de rigueur pour les couronnes des
festins ; sous l'empire, on s'arrangeait à en avoir tout l'hiver :
la douceur du climat de certaines localités, de Pæstum par
exemple (*biferi rosaria Pæsti*), rendait ce luxe facile ; puis, à dater
du premier siècle, dans Martial par exemple, (ainsi VIII, 14 et 68),
il est fréquemment question de serres. Enfin Wüstemann va
plus loin : d'une épigramme de Martial (VI, 80), il conclut que
l'Egypte, Alexandrie entre autres, envoyait à Rome, en hiver,
des provisions de roses, qu'on réussissait à maintenir fraîches
pendant la traversée.

Quoique notre imagination ait quelque peine à se représenter
les parcs romains dépourvus du parfum de l'oranger et de ses
fruits éclatants, cependant l'abondance des autres arbres frui-
tiers, en particulier les gracieux berceaux de vigne (*pergulæ*),
un des ornements de l'Italie d'aujourd'hui, dédommageaient
suffisamment les possesseurs de ces confortables villas.

Il est inutile de citer toutes les villas qui se sont fait un nom
sous l'empire. Le *Laurentinum* et le *Tuscum* de Pline-le-Jeune
furent sans doute parmi les mieux organisées, sinon parmi les
plus somptueuses. Les empereurs ne sont pas restés en arrière ;
Auguste aimait Tibur, mais il évita le luxe aussi bien à la cam-

pagne qu'en ville. Tibère transforma le ravissant îlot de Caprée en un séjour de débauches et de perfidie : « un inferno nel paradiso. » Néron, avec ses prétentions artistiques, ne pouvait rester insensible au romanesque de la nature ; il avait une villa près de Subiacum. « Avoir une villa dans les montagnes du pays des Eques, dit Ampère, c'était pour Néron ce que serait pour un moderne la fantaisie d'un chalet en Suisse. »

Domitien choisit encore mieux son emplacement ; sa villa gigantesque était au pied du mont Latinus, dominant à la fois le bleu lac d'Albano et la campagne romaine. C'est là que se tinrent les assemblées les plus diverses, là, par exemple, cette ridicule et immortelle séance du sénat pour décider de la sauce d'un poisson, là également ces concours de poëtes et d'orateurs, là surtout, dans le bassin du lac, ces coûteuses naumachies. Il ne reste aucun débris de la villa de Domitien, mais le touriste peut, de la terrasse de la villa Barberini, contempler le même spectacle que le tyran romain.

La plus étonnante des villas impériales appartient à un assez bon prince, mais très vaniteux et un peu puéril, à l'empereur Adrien. Adrien avait passé dix-sept ans de son règne à voyager dans les provinces orientales et méridionales ; il résolut de reproduire à Tibur, mais en miniature, les sites ou les édifices qui l'avaient le plus frappé. Ce caprice donna naissance à la plus bizarre agglomération qui puisse s'imaginer : à l'état de ruines, cette bizarrerie est aujourd'hui moins frappante. Dans une circonférence de trois heures étaient reproduits pêle-mêle le Lycée, l'Académie, le Prytanée d'Athènes, la vallée de Tempé, les bains de mer de Canopus, en Egypte, sans compter un nombre respectable de temples grecs, romains et égyptiens. Il trouva encore place pour loger dans cet espace une reproduction des Enfers, l'histoire ne dit pas d'après quel modèle !

Jusqu'à quel point peut-on mettre cette étrange et somptueuse villa sur le compte du sentiment de la nature ? Est-ce le caprice d'un esprit blasé, ou bien le désir sincère de revivre journellement au milieu de souvenirs qui lui sont chers ? Au reste, l'imitation de la vallée de Tempé atteste seule une préoccupation de la nature, et probablement c'était une des parties les moins bien réussies, vu la difficulté de créer des rochers à pic artificiels. La villa d'Adrien forme aujourd'hui un paisible et gracieux but d'excursion pour les touristes, après avoir enrichi nombre de musées des statues enfouies sous ses décombres[1].

Ni la Grèce ni Rome n'ont eu de peinture de paysage proprement dite : ce simple fait montre ce qu'était alors le sentiment de la nature, comparé à ce qu'il est maintenant. Humboldt et Ottfried Müller ne se sont pas fait d'illusions là-dessus ; des savants trop épris de l'antiquité, et qui veulent y retrouver notre vie moderne dans toute sa richesse, atténuent de leur mieux cette lacune[2]. Il est certain qu'il y aurait de l'injustice à porter un jugement d'après les peintures essentiellement décoratives sorties de dessous la cendre de Pompéï : une petite ville de province, déjà bouleversée par un tremblement de terre seize ans avant l'éruption du Vésuve, ne nous indique point ce que contenaient les temples de Rome et ses riches palais, mais le silence des écrivains romains est autrement significatif. Pline l'Ancien, notre principale source pour l'histoire de la peinture grecque et romaine (*Histoire naturelle* L. XXXV), mentionne à peine les *topiaria opera*, probablement une espèce de paysage décoratif. Quant aux soi-disant descriptions de tableaux des deux Philostrate, où figurent quelques indications de paysage (entre autres un paysage fort compliqué, avec un volcan et sept petites îles), la critique allemande les regarde plutôt comme un produit de l'imagination de ces deux rhéteurs que comme l'analyse de tableaux réels.

Sans doute, la science de la perspective, la distribution de la lumière et l'emploi des couleurs en étaient à un point bien imparfait en comparaison de la peinture moderne, mais ces imperfections n'avaient pas empêché la peinture grecque, quoique inférieure à la sculpture, d'avoir une brillante histoire, de se développer en plusieurs écoles; pourquoi n'a-t-elle su produire aucun paysage? Le coloris serait-il beaucoup plus compliqué

[1] Voir une description détaillée des ruines de la villa d'Adrien dans *Rom's Campagna* I, pag. 178-204.
[2] Entre autres Motz, dans sa brochure, pag. 7, 8 et 9.

pour le paysage que pour les teintes du corps humain, où excellait Apelle? Ce n'était du moins pas l'avis de Gœthe, fort bon connaisseur en matière de beaux-arts. Non, il faut se résigner à en convenir, la principale raison de cette absence de paysage, c'est le manque d'intérêt pour la nature en elle-même, en Grèce plus encore qu'à Rome : la nature ne trouve grâce, pour ainsi, dire qu'à condition de se personnifier dans la peinture. L'homme et l'état ont détrôné la nature, comme par une réaction inconsciente contre l'Inde [1].

Il convient néanmoins d'indiquer d'une façon plus précise à quel état rudimentaire était à Rome la peinture de paysage. Déjà du temps d'Auguste, on trouve des décorations de villas, d'arcades ou de temples, auxquelles on peut à la rigueur donner ce nom ; c'étaient volontiers des vues de villes, de rivages, ou bien de prairies avec des troupeaux. Un des rares peintres romains, Ludius, du temps d'Auguste, semble avoir développé ce genre. Pline l'Ancien (L. XXXV, chap. 37) mentionne avec éloge des marines de lui, des scènes de chasse, de pêche, même de vendanges. Sous l'empire, comme l'attestent Pompéï et Herculanum, on fit un pas de plus pour la technique, mais sans presque dépasser ce genre carte de géographie [2]. Une spécialité curieuse, ce sont les paysages égyptiens. J'ai déjà rappelé, d'après Friedlænder, le grand rôle de l'Egypte dans les voyages des Romains. Les peintures et les mosaïques reproduisent fréquemment les fleuves de l'Egypte, leurs crocodiles, leurs ichneumons, leurs fleurs de lotos et leurs palmiers ; mais tout cela fait plutôt l'effet d'une chinoiserie que d'un paysage sérieux.

Au reste, pour des raisons faciles à comprendre, c'est le paysage qui est le dernier né dans la peinture moderne. C'est au XVIIme siècle, non au XVIme, qu'appartiennent les grands paysagistes flamands et français ; j'ajoute que s'ils se sont inspirés

---

[1] En Inde, il y a des traces évidentes de peinture de paysage, du moins dans le drame de Sacountala, où un royal amant demande à une femme artiste de peindre aussi les sites préférés de sa maîtresse. (*Cosmos* II, 78.)

[2] Humboldt fait une exception en faveur de l'arrière-plan d'un tableau historique. (II, pag. 127, note 14.) J'ignore si les vigoureuses excavations qui datent du royaume d'Italie ont fait découvrir de vrais paysages. M. Marc Monnier n'en dit rien dans un spirituel article de la *Revue des deux Mondes*. (Sept. 63.)

sous le ciel de l'Italié et en partie sous celui de Rome, ils étaient
des hommes du Nord : l'Italie moderne n'a point eu de grand
paysagiste, à moins qu'on ne revendique ce nom pour Salvator
Rosa. Enfin, dans notre siècle, lorsque s'ouvrit le sens pour la
nature alpestre, la Suisse eut la gloire de créer la dernière
transformation de la peinture de paysage, le paysage des hautes
cimes. S'il a fallu des siècles à notre monde moderne avant
d'en venir là, on est tenté de conclure que la peinture de paysage était non-seulement antipathique à l'esprit de la Grèce et
de Rome, mais même impossible à cette époque.

§ 2.

Sénèque et Lucain.

De tous les écrivains de l'empire, Sénèque est celui qui a suscité les attaques les plus mordantes et les panégyriques les plus
enthousiastes. C'est le contraste entre la rigueur de son stoïcisme et les faiblesses de sa vie qui attire le juste blâme des uns,
tandis que d'autres, pour lesquels la forme est tout, gémissent
de le voir briser la période sonore et souvent creuse de Cicéron en phrases brèves, saccadées, qui sont autant de sentences
acérées et brillantes. En dépit de ses adversaires, Sénèque ne
reste-t-il pas le moraliste et même le penseur le plus riche de
l'antiquité latine ?

Il était naturel de chercher des traces de stoïcisme dans le
sentiment de la nature de Sénèque ; mais on a poussé beaucoup
trop loin cette explication systématique et par conséquent ex-
clusive [1] : ne serait-il pas plus exact de dire que Sénèque, sous
l'influence du stoïcisme, enseigne à la volonté humaine à l'em-
porter sur la nature extérieure ?

Il n'était pas nécessaire d'être un stoïcien bien sévère pour

---

[1] Voy. Gebhart, pag. 153-156, dans le chap. intitulé : *Les Stoïciens, Sénèque
et Lucain.* . . . . . Un ou deux passages qui parlent des séductions de la nature ne
doivent pas neutraliser tous les autres.

dénoncer les dangers de Baïes, preuve en soit Cicéron ; il est vrai que Sénèque quittait ces bains voluptueux le lendemain de son arrivée (Lettre 51), tandis que Cicéron avait deux villas tout près de là. Au reste, ce n'est pas exclusivement contre Baïes qu'est dirigée cette maxime austère, mais parfaitement juste, sur les piéges d'une nature trop gracieuse : « Effeminat animos amœnitas nimia, nec dubie aliquid ad corrumpendum vigorem potest regio. » ... Je connais en Suisse, au bord de certain lac, un petit peuple qui pourrait se l'appliquer ! Ailleurs, dans la Lettre 55me, Sénèque après avoir raconté sa promenade en litière le long du rivage du golfe de Cumes, après avoir vanté les agréments de la villa d'un de ses amis, en vient à sa conclusion favorite : c'est l'esprit de l'homme et non la nature extérieure qui le rend heureux ou malheureux : « Animus est, qui sibi omnia commendet. Vidi ego in villa hilari et amœna mœstos, vidi in media solitudine occupatis similes. » Ne prétend-il pas qu'on s'habitue sans trop de peine à une contrée rude et inhospitalière comme la Corse? Il l'écrivait même à sa mère pendant son exil de 8 ans dans cette île ; c'était, il est vrai, pour la consoler et peut-être en partie pour soutenir jusqu'au bout une thèse de morale stoïcienne [1].

La façon un peu dédaigneuse dont Sénèque parle des voyages n'est que l'application de ses principes. Dans sa Lettre 104, il constate avec finesse et une certaine amertume que les voyages ne nous rendent pas meilleurs ; après quoi, ajoute-t-il un peu dédaigneusement, ils vous feront faire connaissance avec de nouveaux aspects de montagnes, de plaines ou de vallées, mais il revient impitoyablement à son premier dire : « ceterum neque meliorem faciet, neque saniorem. » Je veux croire qu'il pense surtout à ces voyages de touristes blasés, déjà nombreux de son temps, et qu'il tourne ailleurs en ridicule (*de tranquillit. animi II*) ; on voit néanmoins dans ces passages le stoïcien qui se roidit contre les influences de la nature extérieure.

Si Sénèque s'en tenait là, on serait en droit de douter d'un sentiment de la nature qui a pour ainsi dire honte de lui-

---

[1] *Ad Helviam matrem de Consolatione*, VI.

même ; mais que le spectacle de l'univers lui présente quelque
application morale et vous découvrirez en lui un observateur
ingénieux et aussi sympathique que sa doctrine le lui permet.
Partout, il se pose comme le défenseur de la simplicité de la
nature opposée au luxe des hommes, il ne veut pas qu'on per-
fectionne la création, il se laisse même aller à des reproches un
peu puérils, et qui seraient mieux à leur place dans Pline l'Ancien, contre ceux qui cultivent des roses et des lis en hiver, à
l'aide des serres-chaudes d'invention alors toute récente, contre ceux qui font pousser des arbres sur les terrasses de leurs
maisons et jusqu'au sommet des tours. (Lettre 122.) Il faut ajouter
à la décharge de Sénèque que ceux qui commettaient ces énor-
mités étaient poussés plutôt par le désir de surpasser les autres que par sympathie pour les fleurs ou les arbres.

Une autre fois, dans la Lettre 53me, après avoir raconté à
Lucilius une promenade en bateau, le long de la côte, par une
mer houleuse, avec accompagnement de nausées, et qui se
termina par un petit naufrage en miniature, Sénèque est frappé
de la rapidité avec laquelle s'oublie le mal de mer, ce qui lui
rappelle combien nous oublions vite nos fautes, dès que les
conséquences en sont passées. Cette morale un peu bizarre et
plaquée hors de propos caractérise un des côtés faibles de Sénèque, le bel esprit dans la morale. Combien sont supérieures
ses réflexions à propos de tant de villes déjà ruinées : ce n'est
point le côté poétique ou pittoresque des ruines qui le frappe,
mais l'avertissement continuel qu'elles adressent à l'homme :
« omnia mortalium opera mortalitate damnata sunt, inter peri-
tura vivimus. » (L. 91.)

Jusque dans les comparaisons, où d'ordinaire domine le pittoresque, Sénèque apporte ses nobles mais un peu exclusives
préoccupations. De même que les secousses des vents fortifient
les arbres et que les épreuves consolident le caractère, de
même c'est une cause de faiblesse au moral comme au physique d'avoir grandi trop à l'abri : « Fragiles sunt quæ (arbores)
in aprica valle creverunt. » Dans un autre de ses traités de
morale, il rappelle que le laboureur utilise les jeunes pousses
ou les semis des arbres déracinés par l'orage, et il le donne en

exemple à Marcia dans ses épreuves. (*Consol. ad Marciam* 16.)
En un mot, la nature, avec Sénèque, devient un prédicateur de
morale : il y a là excès, on peut même dire que c'est dénaturer
la nature, mais c'est une évolution importante dans l'histoire
du sentiment de la nature.

Toutefois, la curiosité scientifique dans son sens le plus élevé
n'a pas manqué à ce moraliste : preuve en soient les *Questions
naturelles.* Ce sont des recherches physiques et météorologiques sur les principaux phénomènes de la nature, sur l'organisation de l'univers (L. I), sur les nuages et la foudre (L. II), sur
l'océan et ses mystères (L. III), sur les fleuves et en particulier
sur les crues du Nil (L. IV), sur les vents (L. V), sur les tremblements de terre (L. VI), enfin sur les comètes et les autres
astres (L. VII). C'est un essai d'explication scientifique et non
de description pittoresque. L'ouvrage tout entier contient à
peine un ou deux de ces morceaux descriptifs qui font bonne
figure dans une chrestomathie, et comme Pline l'Ancien en a
un certain nombre. En revanche, dès le début du L. I, on se
sent aux prises avec une âme qui a à cœur le pourquoi des
choses.

Il ne vaudrait pas la peine de vivre, s'écrie Sénèque, si nous
ne cherchions à percer ces mystères ; et plus loin, ce mot digne de Pascal : « O quam contempta res est homo, nisi supra
humana surrexerit. » Mais la vraie curiosité scientifique, nous
apprend-il ailleurs, au début du L. VII, ce n'est pas celle qui
est en quête de l'extraordinaire, c'est celle qui se tourne vers
les choses de chaque jour ; on le sait, quand Sénèque tient une
vérité, il n'est pas content qu'il ne l'ait revêtue du costume du
paradoxe, c'est ainsi qu'il dit ici : « Sol spectatorem nisi defe-
cit non habet. » La haute idée qu'il a du rôle de la science lui
fait pressentir qu'elle a un avenir glorieux, et que son époque
et lui n'en sont encore qu'à l'entrée du sanctuaire : « Rerum
natura sacra sua non semel tradit. Initiatos nos credimus, in
vestibulo ejus hæremus [1]. »

Il y a plus et mieux que cette curiosité scientifique dans les

---

[1] Il faudrait pouvoir citer tout ce magnifique morceau, L. VII, 31.

Questions naturelles, il y a la recherche du divin ; « au-dessus de cette terre sont des espaces immenses dont notre esprit prend possession. » Là il sent son origine divine, et là aussi il sent qu'il y a un Dieu. En effet, le sentiment de la nature touche d'un côté aux sciences naturelles, de l'autre au sentiment religieux. Nous avons trouvé cette dernière alliance pour la première fois dans le *De nat. deorum* de Cicéron, nous la retrouvons dans Sénèque, plus intime, plus féconde.

La voici d'abord sous la forme de l'admiration ; n'est-ce pas le premier chaînon qui relie la terre au ciel ? C'est particulièrement l'univers en dehors de notre globe qui provoque l'admiration de Sénèque. Le soleil, la lune, le ciel étoilé, même en les supposant immobiles et sans rapport avec notre terre, suffiraient pour saisir notre âme ; mais tous ces astres sont actifs, ils font partie d'un organisme parfait, et dans ce vaste silence de la nuit, tout fonctionne, tout se précipite : « Quanta rerum turba sub hoc silentio evolvitur ? » (*De beneficiis* IV, 23.) Dans son exil en Corse, ses yeux, dit-il, sont insatiables de ce spectacle, et cette contemplation des choses d'en haut lui fait oublier celles qu'il foule aux pieds : « Proinde dum oculi mei ab illo spectaculo cuius insatiabiles sunt non abducantur, dum mihi solem lunamque intueri liceat, dum ceteris inhærere sideribus,.... quantum refert meâ quid calcem [1] ? »

Cette admiration amène Sénèque à proclamer qu'il y a quelque chose de divin dans la nature ; voyez plutôt dans la 41ᵐᵉ Lettre à Lucilius ces passages où, dans une forêt touffue, il sent frissonner le souffle divin : (« illa proceritas silvæ et secretum loci et admiratio umbræ in aperto tam densæ atque continuæ fidem tibi numinis facit »), où la caverne creusée par le temps dans les rochers lui communique une émotion religieuse, où les sources et les fleuves le reconduisent, à son insu peut-être, vers cette religion primitive de la nature dont Rome était alors si éloignée. Ainsi, avec Sénèque nous arrivons pour la première fois au divin dans la nature, à ce carrefour qui conduit presque

[1] *De Consol. ad Helviam matrem,* 9 ; voyez aussi *ad Marciam Consol.* 18, où se mêle à l'admiration pour les astres celle pour notre terre.

aussi facilement au christianisme qu'au panthéisme oriental.

Sénèque a-t-il franchi heureusement ce carrefour? S'est-il dirigé à droite vers le Dieu personnel ou à gauche vers le Dieu-nature? La réponse n'est pas facile, à cause des contradictions qui ont subsisté sur ce point dans ses écrits et probablement dans son âme. Dans ce qui touche spécialement à notre sujet, cette contradiction n'existe presque pas ; ici c'est le Dieu personnel qui l'emporte. Si, à la fin de son traité adressé à sa mère, son imagination lui fait trouver une âpre consolation à prophétiser la ruine finale de notre globe, amenée par un cataclysme universel, et décrite dans des termes qui rappellent ceux de la Bible, son esprit voit avec bonheur au delà de cette destruction se former un nouveau monde, et se préparer une immortalité qui était probablement moins panthéiste dans son esprit que dans ses paroles : « Nos quoque felices animæ et æterna sortitæ, cum deo visum erit iterum ista moliri, labentibus cunctis ipsæ parva ruinæ ingentis accessio in antiqua elementa vertemur. Felicem filium tuum, Marcia, qui ista jam novit ! »

Sénèque fait un pas de plus, un pas décisif que Cicéron n'avait pas fait : de l'admiration et de l'adoration il s'élève à la reconnaissance. Je ne puis analyser ces cinq admirables chapitres du IVme L. du traité *de Beneficiis* (chap. 4-9), où Sénèque révèle à ses contemporains tous les bienfaits que la nature a répandus sur nous dans le monde extérieur, et leur prouve ensuite que ce qu'ils appellent la nature n'est autre qu'un Dieu tout bon. Je ne crois pas qu'on trouve dans l'antiquité classique — si ce n'est dans ce même Sénèque — beaucoup de pages qui approchent autant du christianisme. En tout cas, dans le domaine religieux, le sentiment de la nature ne s'est jamais élevé si haut ni en Grèce ni à Rome, car si, dans nos idées modernes, l'admiration de l'univers conduit insensiblement à la reconnaissance, il n'en était point ainsi avant le christianisme [1].

---

[1] Sans admettre de rapports personnels entre Sénèque et St. Paul, il est probable que les idées chrétiennes ont agi sur le grand moraliste romain, mais sa gloire est précisément d'avoir offert à ces germes nouveaux une terre bien préparée.

Quoique les tragédies dites de Sénèque ne soient certainement pas de lui, en dépit de tous les efforts de ses adversaires,
entre autres du spirituel M. Nisard, pour lui faire endosser la
responsabilité de ces déclamations tragiques, souvent ingénieuses et brillantes, mais gâtées par le mauvais goût et délayées sans mesure, néanmoins le moment est venu de les
mentionner : Sénèque en est indirectement responsable, en ce
sens qu'elles sont dues certainement à ses disciples, fidèles à
la vieille illusion des imitateurs, qui croient imiter leurs maîtres
parce qu'ils exagèrent leurs défauts [1].

Déjà au point de vue du sentiment de la nature il me paraît
évident que Sénèque n'en est pas l'auteur : il n'y a là ni ce triomphe de la volonté humaine sur les influences du monde extérieur, ni ce caractère moraliste et moralisant de la nature, ni
cette curiosité scientifique, ni surtout ce témoignage éloquent
rendu à la beauté de la création et à la bonté du créateur, que
j'ai relevés dans Sénèque et qui sont autant de filons nouveaux
dans notre sujet. Les traces du sentiment de la nature dans ces
tragédies sont plus fréquentes qu'importantes ; tout au plus
peut-on leur savoir gré de ne pas tomber dans des descriptions
de la nature minutieuses et froides comme celles de l'école de
Delille et de Saint-Lambert; on peut leur en savoir gré, car dans
d'autres sujets ces descriptions parasites s'étalent sans mesure,
ainsi dans ce morceau de 120 vers (*Hippol.* 1000, etc.) qui a eu
le discutable honneur de servir de point de départ à Racine
pour son trop fameux récit de la mort d'Hippolyte.

Un des rares passages où l'on puisse relever une vue philosophique ou moraliste à propos de la nature, c'est dans un des
chœurs d'Hippolyte (v. 959-975) : le chœur reproche à la nature, qui surveille si exactement la marche du monde extérieur,
de ne pas s'inquiéter de la marche des bons et des méchants.

---

[1] La non authenticité des tragédies de Sénèque est un fait accepté par la critique allemande, de même que l'impossibilité, en dépit de Scaliger, d'attribuer
ces 9 ou 10 tragédies à un même auteur. (Voy. Bernhardy, pag. 397 et surtout pages
399 et 400.) — Du reste, je n'ai dépouillé que les tragédies reconnues comme supérieures aux autres, *Herc. Furens, Thyestes, Hippolytus, Troades* et *Medea*.

Vouloir que la nature cumule les fonctions de la providence, cela sent plutôt le déclamateur que le moraliste !

A l'imitation de la tragédie de Sophocle et d'Euripide, ce sont surtout les chœurs qui parlent de la nature ; les noms des montagnes, des fleuves et des paysages de la Grèce nous avertissent à chaque pas que, sous le rapport de la nature, les tragédies dites de Sénèque ont peu d'originalité.

Le sentiment de la nature se réduit donc, ou à peu près, à de simples descriptions ; c'est retomber un peu bas après Ovide et Sénèque. On aurait tort de croire que la nature s'y montre habituellement enveloppée de mystère et d'effroi[1] ! Dans les tragédies que j'ai lues, les descriptions gracieuses sont presque aussi fréquentes que les autres. Comme je ne saurais attacher une grande importance à des descriptions sans originalité et qui, comme détails, ne valent point celles d'Ovide, je me borne à une énumération sommaire. Parmi les descriptions d'un caractère effrayant ou sombre, il faut citer celle d'une localité stérile[2], qui n'est autre que l'entrée des enfers ; puis à propos de l'apparition de je ne sais quel monstre, force tremblements de terre, agitation des forêts et de la mer (*Troades,* 168-202) ; ailleurs, nous retrouvons les imprécations de rigueur contre la mer et la navigation ; il est vrai que ce n'est pas sans raison, puisque c'est dans la *Médée* (v. 301-330), à propos de l'expédition des Argonautes. Cette même tragédie nous donne un tableau seulement trop complet des prodiges de *Médée:* elle a fait naître les fleurs du printemps en été, les moissons en hiver, elle a suscité des orages sans vent, etc., etc. Une fois en veine, l'auteur ne se refuse rien, et l'on comprend que ce genre lui coûte peu d'efforts d'imagination.

Dans le groupe opposé, celui des descriptions gracieuses, la qualité me semble un peu supérieure. Si le chœur, au début d'*Hippolyte* (1-26) fait l'éloge d'une montagne de la Grèce avec

---

[1] Voy. Gebhart, pag. 160 et 161, qui se borne d'ailleurs à une longue citation de l'*Oedipe*, à une autre du *Thyeste*, et qui part de l'idée que ces tragédies sont de Sénèque.

[2] *Thyeste*, vers 105-120, supérieure à une description analogue du *Herc. Furens*, vers 698, etc.

des réminiscences un peu trop banales, quelques cents vers
plus loin (v. 505-525) nous trouvons une mise en scène tout à
fait dans le goût d'Horace, le repos et les jouissances champêtres au bord d'une fraîche rivière, avec le gazouillement des oiseaux (ceci complète Horace), les fleurs et les douces méridiennes. La description d'une matinée aux champs (*Herc. Furens*, 125-165) ne manque pas de fraîcheur ; il y aurait là des
vers à citer. Enfin, voici ce que j'ai trouvé de mieux dans ces
tragédies, car c'est à la fois sobre et rêveur, c'est à propos des
captifs troyens qui se montrent l'un à l'autre la fumée de l'incendie de Troie. (*Troades*, vers 1050, etc.)

> Ilium est illic, ubi fumus alte
> Serpit in cœlum, nebulæque turpes.
> Troës hoc signo patriam videbunt,

Le nom de Lucain ne se sépare plus de celui de Sénèque :
l'oncle et le neveu, tous deux stoïciens et courtisans, ont dû
payer de leur vie, à la suite de la conspiration de Pison (l'an
65), le dangereux honneur d'avoir été, l'un le précepteur, l'autre le rival de Néron. Lucain est mort jeune et a laissé sa *Pharsale* inachevée : ni son caractère moraliste, ni ses vives préoccupations politiques, ni son talent tendu et concis, ni le contenu
de son poëme épique consacré à la guerre civile, n'étaient propres à développer en lui le sentiment de la nature. Si cependant la *Pharsale* mérite une place dans cette étude, c'est que
les habitudes poétiques du temps et surtout les doctrines stoïciennes s'y réflètent[1].

La nature, du moment où elle n'est plus en conflit avec
l'homme, n'intéresse que médiocrement Lucain. Peut-être y a-
t-il, tout compte fait, autant de descriptions ou de comparaisons de la nature dans la *Pharsale* que dans l'*Enéide*, ce qui
n'est pas dire beaucoup, mais la sympathie de Virgile en est
presque complétement absente[2]. Il faut ajouter que les descrip-

---

[1] Ce n'est pas sans étonnement qu'on lit dans l'ouvrage de M. de Laprade (pag.
415): « Lucain est remarquable entre tous les poëtes antiques par l'absence complète du pittoresque et de la couleur. »

[2] Il faut faire une exception honorable en faveur de cette fin touchante du
L. VII où Lucain plaint la nature atteinte elle-même par les ravages de la guerre;
mais c'est probablement une réminiscence de Virgile. (*Géorg*. I, 489-497.)

tions proprement dites y sont ternes malgré leur exagération,
ou délayées en dépit de la concision de chaque vers ; voyez, par
exemple, au L. IV (48-120) cette inondation succédant aux neiges de l'hiver ; voyez ces pluies torrentielles dans le L. VI (460-
485) et même cet orage qui bat la flotte républicaine près du
golfe des Syrtes (IX, 319-347), quoique ici la lutte de l'homme
anime un peu le récit de Lucain. Quant aux morceaux plutôt
ethnographiques ou stratégiques que M. de Laprade appelle la
description de l'Apennin et celle de la Thessalie, ce ne sont
guère des descriptions ; le premier (II, 392-438) ne contient
presque qu'une énumération des fleuves qui sortent de l'Apennin, et le second (VI, 333-380) semble avoir également pour
but — un singulier but en poésie — une hydrographie de la
Thessalie.

Les comparaisons sont déjà supérieures, car là se retrouve
ce contact entre l'homme et la nature qu'il faut à Lucain. La
plus juste à la fois et la plus pittoresque, c'est quand le poëte
compare Pompée, son héros déjà vieilli, à un grand chêne
orné des dépouilles ennemies, dont les racines faiblissent,
mais qui se soutient encore par son propre poids, donnant
de l'ombre seulement par son tronc et non plus par son feuillage. (I, 135-143.) Qu'on se rappelle cette majesté de Pompée,
apprêtée et sans force réelle, au début de la guerre civile, et
l'on conviendra que Lucain a dit peut-être plus juste qu'il ne
pensait.

En qualité de neveu de l'auteur des *Questions naturelles*, Lucain se croit obligé, dans le L. X, de mettre en vers des théo-
ries analogues à celles de son oncle sur les crues du Nil, tout
en convenant que la question n'est pas vidée (219-261) ; puis, le
Nil étant à la mode dans la poésie de l'empire, il ne se refuse
pas de décrire une partie de son cours. (290-331.) Cette curiosité scientifique n'a malheureusement pas dans Lucain l'élévation qu'elle a dans les *Questions naturelles*.

Ailleurs, le stoïcisme a mieux servi Lucain ; je ne parle pas
de cette description du cataclysme qui doit détruire le monde
et qui est pour le moins singulièrement placée (I, 72-82), car
il y a une emphase évidente à lui comparer le choc des deux

partis dans la guerre civile; mais je parle de ces scènes énergiques où la volonté de l'homme est aux prises avec la nature
extérieure et reste ordinairement victorieuse. Voilà du moins
la prose de Sénèque mise en vraie poésie, c'est-à-dire vivifiée
par des exemples. Et quel est l'homme que Lucain choisit pour
commander à la nature? Est-ce Pompée, son héros de prédilection? Non, c'est César, l'homme à la figure blême. Avec un
tact psychologique qui fait honneur au poëte, c'est le vainqueur
des partis qui est aussi le vainqueur de la nature.

Le seul cas, si je ne me trompe, où César dans la Pharsale
doive plier devant la nature, c'est quand les vagues de la mer
finissent par détruire la digue qu'il avait fait jeter à l'entrée du
port de Brindes pour empêcher la sortie de la flotte de Pompée.
(II, 660-703.) Ici Lucain fait trop d'honneur aux éléments et ne
rend pas justice à l'activité de Pompée. (Voy. *Mommsen* III,
pag. 372.) Une des rares citations de Lucain qui traînent partout, pour ainsi dire, c'est sa description d'une antique forêt
consacrée au sanglant culte druidique, où les oiseaux n'osent
se poser, où des bruits effrayants se font entendre, caractérisée
en un mot, par ce vers bien connu :

    Arboribus suus horror inest.

Mais pourquoi oublie-t-on de relever ce qui donne un tout
autre sens à cette description? Cette forêt est près de Mar-
seille; César, qui assiége la ville, a besoin de bois, il ordonne
de couper ces bois sacrés, ses soldats n'osent commettre une
telle profanation, alors César, qui ne croit plus aux forces mystérieuses de la nature, porte lui-même le premier coup. (III,
399-452.)

Autre exemple où sa volonté finit par triompher de la nature. Sa flotte, sortie en hiver de Brindes pour poursuivre
Pompée, est arrêtée par un calme plat. (V, 403-460.) Si c'était
un orage, je ne prendrais pas la peine de le relever, car les
orages sur mer sont le pain quotidien des poëtes latins! Le
calme plat a le mérite de la nouveauté, puis il y a de la vigueur
et même de la couleur dans des vers comme ceux-ci :

    Sæva quies pelagi, mœstoque ignava profundo
    Stagna jacentis aquæ....
    Non horrore tremuit, non solis imagine vibrat.

Ici à la vérité toute l'énergie de César n'y peut rien, mais c'est lui qui avait décidé d'affronter les dangers d'une navigation en hiver, qui était, on se le rappelle, tout à fait en dehors des habitudes des Romains.

Le plus bel exemple, sans contredit, c'est ce fameux coup de tête de César qui, par une mer orageuse, traverse dans une simple barque l'Adriatique pour aller chercher en Italie des secours, faute desquels son armée aurait succombé en Dalmatie. Le dramatique mais trop long récit de Lucain [1] n'est guère, si l'on veut, qu'une paraphrase du mot célèbre : « Ne crains rien, tu portes César et sa fortune ! » Je n'ai pas la place d'analyser cette scène, je rappelle seulement que le grand homme, dans l'un de ses discours au batelier épouvanté, va jusqu'à dire que cette tempête est la protestation impuissante de la nature qui sent le triomphe de César.

.....Quid tanta strage paretur
Ignoras? Quærit pelagi cœlique tumultu
Quod præstet Fortuna mihi.

(V. 591, etc.)

Quelle distance entre cet audacieux défi de l'homme d'état romain et l'anéantissement de l'Hindou devant sa nature gigantesque ! Sans doute, Sénèque et surtout Lucain en sont la preuve, cette résistance stoïcienne ferme quelquefois les yeux de l'homme sur les splendeurs de cette terre, et l'empêche d'entendre la grande voix poétique qui remplit les épopées indiennes, mais il serait injuste de dire que le stoïcisme à Rome n'a fait que protester contre la nature.

---

[1] V, 560-677. — Les longueurs sont surtout vers 600-640, dans cette énumération de tous les efforts des vents et des flots.

§ 3.

Pline l'Ancien et Pline-le-Jeune. — Tacite et Quinte-Curce.

L'antiquité ne nous a point laissé d'ouvrage sur la nature aussi étendu et aussi varié que l'*Histoire naturelle* de Pline l'Ancien ; aussi étendu, car dans la traduction allemande de Strack par exemple, l'*Histoire Naturelle* remplit plus de 1500 pages compactes grand in-octavo; aussi varié, car ces 37 livres parlent à peu près de tout ce qui touche à la nature : géographie, zoologie, anthropologie, botanique, médecine, hydrographie, minéralogie et même histoire de la peinture. S'il fallait en croire les éloges de Buffon, l'*Histoire naturelle* serait une œuvre capitale pour notre sujet : « Pline a voulu tout embrasser, et il me semble avoir mesuré la nature et l'avoir trouvée trop petite encore pour l'étendue de son esprit..... et ce qu'il y a d'étonnant, c'est que dans chaque partie Pline est également grand, » etc., etc. Après les louanges académiques de Buffon vint la critique respectueuse mais ferme de Cuvier et de Humboldt (*Cosmos* II, 230, etc.), sans parler des nombreuses réserves faites par les historiens littéraires.

Le fait est qu'il y a dans cette vaste compilation de quoi expliquer cette diversité de jugements. Il y a un enthousiasme sincère pour la nature, mais compromis par un bel-esprit impatientant ; il y a eu une masse colossale de renseignements, mais sans aucune critique, de l'aveu de la plupart des savants modernes.

Il y a de l'enthousiasme dans l'*Histoire Naturelle* ; Pline aime à relever ce qu'il y a de grand ou de mystérieux dans les objets de la nature ; l'admiration est un besoin, peut-être une habitude de son esprit. Voyez, par exemple, le début du livre XI, quand, à propos des insectes, il est saisi à la vue des merveilles que l'on découvre dans l'infiniment petit. C'est une des

meilleures pages de Pline, et l'une des rares pages qui ne soient
pas gâtées par le bel-esprit dans l'admiration. Pourquoi faut-il,
en effet, qu'il s'extasie à tort et à travers, souvent pour faire de
l'esprit ou pour amuser la curiosité de ses lecteurs ?

Il admire la puissance de l'élément liquide, et il a raison.
(L. XXX, 1.) Il énumère les bienfaits dus à l'eau, mais voilà qu'il
termine par cette exclamation, tout au moins bizarre, que les
forces de la terre ne sont qu'un don de l'eau. Autre exemple,
tiré de ses livres sur la zoologie. L'éléphant le met en veine
de poésie; rien de mieux, mais comment le comique ne l'em-
porterait-il pas sur la poésie, quand il nous assure fort grave-
ment que dans les bois de la Mauritanie, à la nouvelle lune,
des troupes d'éléphants se rendent en procession au bord
d'un fleuve, y font leurs ablutions, adorent la lune, et s'en
retournent chez eux[1]. Ailleurs, probablement pour piquer
l'attention de ses lecteurs, il affirme que certains arbres se
détestent l'un l'autre (L. 24, 1); en poésie, c'est soutenable à
la rigueur; dans un ouvrage scientifique, non-seulement cela
fait hausser les épaules, mais encore cela rend le lecteur dé-
fiant à l'endroit de l'admiration de Pline[2].

A côté de cette admiration plus ou moins gâtée par le bel-
esprit, il y a pendant des livres entiers une sécheresse rebu-
tante et qui n'a rien de scientifique, car elle manque de critique. On se croirait revenu à l'utilitarisme de Varron et même
de Caton. C'est en vain que Pline pose un très beau principe
dont Humboldt a fait le moto de son immortel *Cosmos* . « Na-
turæ vero rerum vis atque majestas in omnibus momentis fide
caret, si quis modo partes ejus ac non totam complectatur
animo. » (VII, 1.) Oui sans doute, on ne comprend la nature
qu'à condition d'en voir l'ensemble, mais parcourez, par exemple, cette interminable énumération de remèdes, tirés soit des

---

[1] Livre VIII, 1 ; tout ce chapitre sur les éléphants abonde en traits semblables.

[2] Qui n'a entendu parler des *pieuvres* des *Travailleurs de la mer*? Eh bien,
Pline les avait déjà décrites (VIII, 30), non pas sans doute avec le talent de
Victor Hugo. Tout ce qu'il y a de bizarre dans la nature est sûr de trouver place
dans l'*Histoire naturelle*.

végétaux, soit des animaux, soit des minéraux, qui remplit
plus de dix livres (L. 20-30) et qui forme un effrayant pêle-
mêle de demi-vérités et de grosses superstitions, et dites si
Pline est resté fidèle à son principe.

Dans les huit L. consacrés aux végétaux (L. 12-19), même
énumération à perdre haleine ; la seule oasis pour ainsi dire
que j'aie trouvée dans ce désert, c'est une demi-page assez
gracieuse sur la vigne, sur ces treilles en berceau, sur ces
branches qui s'enlacent si bien autour de l'ormeau classique
(L. 14, 3) ; c'est faire bien chétive la part du pittoresque quand
on pense que tout le livre 14 est consacré à la culture des
raisins.

Les quatre livres de Pline sur la géographie (L. 3 à 6) tombent exactement dans la même faute : aucune tentative de description, même sommaire ; rien qu'une énumération, précieuse
pour l'histoire de la géographie antique, mais qui nous laisse
ignorer si Pline comprenait bien que chaque contrée a son cachet particulier. Son panégyrique de l'Italie, à deux reprises
(L. 3, 5 et L. 37, tout à la fin), fait exception comme patriotisme,
mais non comme pittoresque (à part un mot recherché sur la
ville de Rome : cette tête digne d'une nuque aussi splendide,
tam festa cervice !) Pline aurait dû mieux profiter de l'exemple
de Strabon et de Ptolémée, surtout de Strabon, qu'il cite si rarement, et chez lequel, d'après Humboldt, on trouve entre autres
ce don de saisir le caractère des différents pays qui manque
complétement au compilateur romain. Strabon et Ptolémée
sont, il est vrai, au bénéfice de leur origine grecque, mais
Pline n'avait-il donc pas lu Pomponius Mela, très inférieur aux
deux grands géographes grecs, mais dont les courtes et fréquentes descriptions ont souvent du coloris, de la profondeur ?
Il est vrai que Mela était de la famille des Sénèque.

Si du moins l'*Histoire naturelle* de Pline, déjà gâtée par une
admiration quelquefois puérile pour la nature, par une sécheresse fort peu scientifique, était relevée par le don de description ; si du moins Pline, sans avoir la perfection du style de
Buffon, avait quelquefois son art de peindre ! Pline a de l'esprit
et parfois une vraie émotion, mais à peine peut-on citer dans

ce volumineux ouvrage quelques descriptions qui satisfassent l'imagination sans choquer le bon sens. Je ne crois pas qu'il y en ait de semblables à propos du monde végétal; pour les animaux, on peut citer quelques pages sur le lion (VIII, 19), sur le crocodile (id. 37), et surtout sur les abeilles. (XI, 4.)

Je n'ai pas à rechercher jusqu'à quel point le panthéisme de Pline reste conséquent avec lui-même [1]. Je constate seulement que Pline repousse le polythéisme romain, qu'il admet un Dieu unique, mais que ce Dieu se confond, d'ordinaire, avec le monde. N'importe, au point de vue du sentiment de la nature, le panthéisme est plus fécond que le polythéisme. Malheureusement, on a vu que dans Pline son influence sur la conception de la nature n'est pas bien considérable. Un seul point est à remarquer : Pline éprouve envers les hommes de son temps, et quelquefois envers l'homme en général, une lassitude qu'il ne cherche point à cacher. Pline est pessimiste, comme toutes les âmes droites de son temps. C'est là ce qui le pousse dans les bras de la nature.

Arrêtons-nous enfin sur la manière dont il met en scène cette nature qui va jusqu'à se confondre avec la terre, disons mieux, avec le sol. (II, 63.) Cet exemple ne justifiera que trop mes critiques. La terre est pour l'homme une mère dévouée. Elle le nourrit pendant sa vie, elle l'accueille après sa mort. Les autres éléments sont quelquefois nuisibles à l'homme, la terre jamais. (Et les tremblements de terre, et les éboulements, qui donc Pline en fera-t-il responsable, avec son système des forces capricieuses de la nature?) Si la terre produit des poisons, ne croyez pas que ce soit un piége de sa part, c'est pour épargner à l'homme de languir malheureux, et pour lui donner en même temps la possibilité de se tuer, sans verser son sang, ni mutiler son corps, ni être dévoré par les poissons. (Et Pline s'attendrit de bonne foi sur ce grand avantage des poisons!) Le sujet est trop important pour qu'il n'y revienne pas. Au début du L. XVIII, il sent le besoin de justifier encore la nature de ce qu'elle produit des poisons. C'est la faute de l'homme qui s'en sert, qui y

[1] Voir surtout II, 4 et 7, qui contiennent à peu près sa dogmatique.

trempe ses armes ; les animaux, qui cependant connaissent ses
forces vénéneuses, ont la délicatesse de ne pas s'en servir !
Pline regrette de devoir le dire, l'homme se montre ingrat envers la terre. (II, 63 et XXXIII, 1.) C'est ici que le ridicule dé-
borde. Oui, ingrat ! C'est de l'ingratitude que la connaître si peu,
c'en est une également de creuser son sol, « de la maltraiter à
chaque heure à l'aide de l'eau, du fer, du bois, du feu, des
pierres, de la tourmenter avec l'agriculture, » c'en est une bien
pire de fouiller dans ses entrailles pour y chercher les minéraux, les métaux précieux, qu'elle s'efforçait de nous cacher
par pure sagesse : « Viscera ejus extrahimus, ut digito gestetur
gemma, quam petimus. » Et nous nous étonnons encore que la
terre perde patience ! Mais ce qui la console, c'est que toutes
ces richesses jettent au milieu des hommes les haines et les
guerres. Singulière consolation pour une nature qui nous est
représentée comme une mère bienveillante, et singulière preuve
des inconséquences auxquelles Pline se laisse aller !

Il y a deux choses qui réconcilient un peu avec Pline. C'est
d'abord son enthousiasme réel pour la nature, qui éclate, entre
autres, tout à la fin de son vaste ouvrage, dans cet adieu touchant retrouvé il n'y a que trente-cinq ans : « Salve parens
rerum omnium Natura, teque nobis Quiritium solis celebratam
esse numeris omnibus tuis fave. »

C'est ensuite sa mort. Chacun le sait, il périt étouffé lors de
l'éruption du Vésuve qui ensevelit Pompeï ; sans vouloir en
faire un martyr de la science, il est certain néanmoins que,
sans sa curiosité scientifique, il aurait pu ne pas quitter la flotte
qu'il commandait, et surtout se retirer à temps, au lieu de
passer la nuit tout près du lieu du sinistre. Par sa mort, Pline
l'Ancien a bien gagné son surnom de Pline le naturaliste.

C'est Pline-le-Jeune qui nous a raconté la mort de son oncle,
dans une lettre à Tacite. (VI, 16.) Lui-même courut, ainsi que
sa mère, des dangers réels pendant cette éruption. Si l'oncle
fut un naturaliste trop compilateur, le neveu fut trop exclusivement homme de lettres, bel esprit. Veut-on se rendre compte
de ce qui les sépare dans leur manière de sentir la nature,
qu'on se rappelle certain passage d'une de ses lettres (III, 5) où

il raconte que son oncle lui reprochait comme du temps perdu
les heures consacrées à la promenade. Pline l'Ancien se promenait, mais toujours avec ses tablettes et ses livres, c'est-à-dire
qu'il rêvait peu et n'observait guère davantage. Pline-le-Jeune
n'est pas un flâneur, mais il sait flâner ; or il faut cela pour se
lier d'amitié avec la nature.

Pline-le-Jeune avait plusieurs villas. Il nous en a fait les hon-
neurs dans ses lettres tout autrement que Cicéron dans sa correspondance. C'étaient d'abord ses deux villas au bord du lac
de Come ; elles méritent d'être citées les premières, non pas
qu'il les ait longuement décrites (IX, 7), mais parce que Come
était son lieu de naissance. Il en avait là plus de deux, mais
deux d'entre elles, surnommées la Comédie et la Tragédie,
étaient ses villas de prédilection. La première était au bord du
lac, la seconde le dominait du haut d'un rocher que son possesseur, bel-esprit, comparait au cothurne de la tragédie. Il
établit une antithèse assez fine et pas trop forcée entre les charmes de l'une et de l'autre : « Illa fluctus non sentit, hæc fran-
git, » et ainsi de suite.

Les deux descriptions ex-professo de la villa de Laurentum et
de celle d'Étrurie (Tuscum) ont une tout autre importance. C'est
la mine la plus abondante que nous possédions sur l'arrangement des villas et des parcs de l'empire. Il est à remarquer que
cette idée de décrire en détail une villa, qui nous paraît aujour-
d'hui toute naturelle, était chose toute nouvelle à Rome. Cicéron ne l'aurait pas eue : c'est que nous sommes au premier
siècle de l'empire et non plus à la chute de la république.

Il serait superflu, pour notre but, de suivre ces descriptions
dans tous leurs détails, mais il est caractéristique pour l'époque
et pour Pline de voir avec quel raffinement on tirait alors parti
de la belle nature. La villa de Laurentum était au bord de la
mer, entre Ostie et Laurentum. Une des pièces les plus ingé-
nieusement construites était le *triclinium*, ou salle à manger, qui
s'avançait vers le rivage, de façon à avoir la vue de la mer de
trois côtés, grâce à ses grandes fenêtres et portes vitrées ; quand
soufflait le vent d'Afrique, l'écume des vagues venait caresser
la base du triclinium. (II, 17, 5.) D'une autre pièce, on pouvait

jouir successivement du lever et du coucher du soleil. Pour les
jours froids, il y avait un angle rentrant combiné de façon à
retenir les rayons du soleil, sans laisser pénétrer d'autre vent
que le vent chaud. (Id. 6 et 7.) L'un des bassins de natation
était placé de façon à ce que celui qui y nageait vît la mer.
Tout auprès s'élevait une tour carrée du sommet de laquelle,
dans une petite salle à manger, on avait une vue ravissante.
(Id. 11 et 12.) Le long du rivage s'étendait la *gestatio*, c'est-à-
dire les avenues destinées spécialement à la promenade et for-
mées de buis et de romarin ; une autre avenue, plus ombragée
et au sol tout à fait tendre, était faite pour se promener pieds
nus [1]. Cette partie du jardin contenait beaucoup de mûriers et
de figuiers. Ailleurs, dans un endroit fort abrité, s'exhalait
une odeur pénétrante de violettes : là était le *xystus* ou le jardin spécialement destiné aux fleurs.

Ce n'est qu'après avoir énuméré tout cela et bien autre chose
encore, que Pline nous permet de jeter un coup d'œil sur la
libre nature (id. 27), sur ce rivage alors bordé de villas, maintenant de marécages ou de misérables huttes de pêcheurs.
Pline aime la nature, qui en douterait ! mais il l'aime à travers
les raffinements de sa villa, peut-être à cause d'eux. C'est un
épicuréisme délicat, mais c'est de l'épicuréisme.

Sa villa de *Tuscum* (ou plutôt chez les *Tusci*), au pied d'une
colline, avait d'autres avantages (V, 6) : un air frais et salubre
en été, une vue étendue sur la campagne romaine, alors si fertile, à en juger d'après les détails de Pline, qui est encore trop
Romain, quoique bel-esprit, pour ne pas relever ce côté-là ;
mais il le fait avec une certaine poésie ; il nous montre le Tibre
coupant en deux cette plaine et la fertilisant. Si la précédente
lettre s'étend surtout sur l'arrangement intérieur, celle-ci parle
plutôt du parc et des jardins, mais elle présente certaines difficultés archéologiques. Il est superflu de mentionner de nouveau la
gestatio ou *ambulatio*, ainsi que ses plantes de buis taillées en
forme de lettres ou d'animaux et dont Pline parle clairement à

---

[1] On sait que dans certains établissements hydrothérapiques, entre autres à
Græfenberg, dans la Silésie autrichienne, les promenades nu-pieds font partie
du régime, même pour les dames !

deux reprises. (VI, 5, § 16, 35 et 36.) Je ne citerais même pas
les inévitables platanes s'ils n'étaient égayés ici par une fon-
taine de marbre. L'eau ne manque pas dans cette villa de Pline,
afin de compenser l'éloignement de la mer. Voici un passage
qui indique très probablement un jet d'eau dont l'eau retombe
en blanche écume : « Nam ex edito desiliens aqua, suscepta marmore, albescit. » (§ 24.) Les berceaux de vigne, qui manquaient
dans le Laurentum, reviennent souvent dans le Tuscum. L'hippodrome, destiné plutôt aux promenades des hommes qu'aux
courses équestres, réjouit particulièrement Pline par son ombrage touffu et sa fraîcheur ; il est entouré de platanes dont le
tronc est masqué par des guirlandes de lierre. Il va sans dire
que je ne trie que les détails qui ont trait à notre sujet, car la
description de Pline remplit une dizaine de pages. Arrivé à la
fin, il s'excuse auprès de son ami en lui disant que ce n'est pas
sa description qui est importante, mais sa villa. Il sentait qu'il
venait de commettre une innovation dans la littérature latine et
d'y introduire la description détaillée ; avant de revenir sur ce
point, qui est le côté fort et le côté faible de Pline, cherchons
à analyser ce qui l'attirait vers la nature, ou plutôt dans ses
villas.

Il serait injuste d'attribuer son affection pour ses villas essentiellement aux jouissances un peu raffinées qu'il y trouvait.
Un homme peu sensible à la nature n'aurait pas construit de
tour pour avoir une vue plus étendue, ni combiné si ingénieu-
sement l'ombrage et les sources, les portes vitrées et les frais
tapis de gazon. Mais indépendamment de ce goût réel et délicat
pour les nuances de la nature, c'était, comme tous les citadins,
le silence et la vie sans tracas qui l'attirait dans ses villas :
« Nam super illa, quæ rettuli, altius ibi otium et pinguius, eoque
securius, nulla necessitas togæ, nemo arcessitor ex proximo. »
(VI, 5, § 45[1].) On se rappelle le cri d'Horace : « O rus, quando
ego te aspiciam ! » en lisant dans la neuvième Lettre du L. II :
« O mare, o littus, verum secretumque museion ! quam multa
invenitis, quam multa dictatis ! »

---

[1] Voy. aussi II, 8, où ses « maudites affaires » l'empêchent d'aller pêcher et se
délecter au bord du lac de Côme.

Ces derniers mots nous attestent que Pline, comme plusieurs écrivains anciens et comme tant d'écrivains modernes, cherchait à la campagne autre chose que le repos, qu'il y cherchait l'étude. Dans une lettre (I, 3) qui débute par une tendresse presque passionnée pour le lac de Côme, (Quid agit Comum, tuæ meæque deliciæ? etc.), il en vient bientôt à recommander à son ami de ne pas négliger une si excellente occasion de vaquer à ses études. Lui-même met une certaine vanité à apprendre à son illustre ami Tacite (I, 6) qu'il lit et compose à la chasse, ce qui n'a pas empêché trois sangliers de se prendre dans ses filets. Il rit lui-même de ses exploits, mais il ajoute très sérieusement que le mouvement du corps stimule son esprit, ainsi que le silence des forêts.

La curiosité scientifique proprement dite est rare chez Pline-le-Jeune. Elle ne paraît guère que dans une seule lettre (IV, 30), où il cherche à se rendre compte d'une source intermittente. Il s'est souvenu en cette occasion qu'il était le neveu de son oncle, et puis c'était un prétexte à description.

Ceci nous ramène au trait caractéristique de Pline-le-Jeune. Pour la première fois dans l'antiquité latine, du moins dans un prosateur, on rencontre des descriptions détaillées d'un site. Elles sont encore peu nombreuses, d'accord : outre la description de ses deux villas, il n'y a guère à citer que celle de la villa de Trajan, avec cette île factice qui donne du cachet au rivage (VI, 31), puis celle de la source du Clitumne (VIII, 8) et du lac Vadimon. (VIII, 20.) Au point de vue de l'art, il faut reconnaître là un grand progrès, même sur Ovide : les détails y sont précis, quoique ingénieux, et concourent pourtant à une image centrale. En même temps, le principal défaut de l'école descriptive, le manque de sympathie pour la nature, n'apparaît pas encore. Et pourtant, il y a une grave lacune dans ces descriptions de Pline-le-Jeune, une lacune qui était aussi, je le crains, dans son sentiment de la nature. Ses descriptions relèvent avec beaucoup d'art le pittoresque et les nuances de la nature, mais elles ne vont pas au delà. Pline n'y mêle aucun des sentiments humains que la vraie poésie associe à la nature, ou plutôt qu'elle en dégage, car ils y sont contenus : ni l'amour, ni

la rêverie, ni le patriotisme, ni la contemplation philosophique
ou l'adoration religieuse. Il aime la nature, d'accord, mais il ne
souffle en elle rien d'humain ni de divin.

Parler des prosateurs du premier siècle sans mentionner le
plus grand de tous, Tacite, ce serait un singulier oubli. D'ailleurs, il nous reste à voir si les historiens du Ier siècle sont en
progrès, pour le sentiment de la nature, sur ceux de l'âge de
Cicéron et d'Auguste. Je ne parlerai que de deux d'entre eux, de
Tacite, de beaucoup le premier des historiens romains, et de
Quinte-Curce, le fondateur à certains égards du roman historique.

On est habitué à attendre beaucoup de Tacite, et l'on a raison ; mais il faut prendre son parti de reconnaître qu'il ne mérite point d'être appelé le peintre de la nature[1]. En fait de
descriptions, il est encore plus sobre que Tite-Live, car il n'est
pas juste de baptiser du nom de descriptions de simples indications stratégiques, comme *Annales* I, 65, où il caractérise le
terrain où Arminius et Cécina vont se rencontrer, comme *Histoires* III, 23, où il n'indique la clarté de la lune, dans une bataille, que pour faire remarquer qu'elle était favorable aux uns,
défavorable aux autres. Dans la vie d'Agricola (chap. 12), en
caractérisant la Grande-Bretagne, il a quelques mots sur l'aspect du sol, et surtout sur la longueur des jours en été ; en vérité, il faut plus que de la bonne volonté pour y voir ce que
nous entendons aujourd'hui par une description. Le seul passage auquel on pourrait donner ce nom, c'est quand il parle de
la Judée (*Histoires* V, 6 et 7) ; mais à part une phrase pittoresque sur le Liban[2], ces deux chapitres ne parlent que des produits du sol, et surtout de la Mer Morte comme objet de curiosité. A coup sûr, voilà qui ne suffit pas pour justifier le titre de
peintre de la nature.

Mais, continue-t-on, ce n'est pas dans un moraliste qu'il faut
chercher les descriptions ; demandez-lui ces rapports intimes
qui existent entre la nature et l'âme, et vous serez satisfaits. Ici

[1] C'est pourtant ce que fait M. Gebhart, pag. 185.
[2] « Præcipuum montium Libanum erigit, mirum dictu, tantos inter ardores
opacum fidumque nivibus. » (Chap. 6.)

je reconnais volontiers que Tacite est en progrès sur Tite-Live ;
toutefois quand on fait tant que de citer deux ou trois exemples,
il faudrait ajouter que ce sont les seuls, et qu'après Sénèque ils
sont à peine dignes d'être relevés. Je ne relève pas les exemples
innombrables où l'on s'attendrait, de la part d'une âme poétique comme celle de l'immortel historien, à rencontrer de pareils rapprochements, et où cette attente est déçue. Ne parlons
pas de ce qu'il aurait pu dire, mais parlons de ce qu'il a dit.

En racontant l'orage qui assaillit la flotte romaine à l'embouchure de l'Ems, Tacite caractérise avec sa concision colorée l'effroi qui saisit les soldats romains, mais si l'on rapproche ce récit
d'un fragment de Pedo Albinovanus, contemporain d'Ovide, qui
raconte aussi un orage à l'embouchure de l'Ems, on verra que
la poésie est bien ici du côté du poëte[1]. Les premiers vers sont
faibles, mais depuis le vers 15, il se demande, à la vue de cette
nature vague et grisâtre, pourquoi s'aventurer dans ce monde
inconnu. Quand Tibère se retire à Caprée, Tacite nous dit
pourquoi cette nature riante l'attirait, mais il ne songe pas à
signaler le contraste entre ce paradis de la nature et cet enfer
humain. (*Ann:* IV, 67.) Il suppose tout au plus que Tibère éprouvait le besoin d'y cacher sa honte. (VI, 7.) Enfin, quand Néron
prépare contre sa mère cet affreux guet-apens, si l'historien
relève la clarté de la nuit, c'est pour dire que les dieux avaient
voulu en quelque sorte rendre le crime de Néron plus visible.
(*Ann.* XIV, 5.)

Ce qui précède a-t-il pour but d'amoindrir le talent de l'incomparable historien ? Nullement ; Tacite était trop absorbé par
les hontes de l'homme et les misères de l'Etat pour avoir le
temps de faire attention à la nature. Qu'importe à celui dont
l'incendie dévore la demeure que ce désastre ait son côté pittoresque[2].

Comme historien, Quinte-Curce mérite à peine d'être men-

---

[1] Humboldt déjà signalait ce rapprochement à faire, II, pag. 109.
[2] *Le Dialogue des orateurs* n'étant point de Tacite, il n'y a pas lieu à relever
ici ce passage (chap. 12) où Maternus fait un éloge gracieux du calme et du charme de la vie des champs comme retraite pour les poëtes ; d'ailleurs, à cette époque cette idée-là n'était plus nouvelle.

tionné à la suite de Tacite. Néanmoins, au point de vue du
sentiment de la nature, il a son importance. Il n'apporte
ni vue philosophique, ni même un pinceau brillant, mais de
tous les historiens romains, c'est de beaucoup celui qui est le
plus attentif à esquisser le lieu où la scène se passe, et même
à caractériser en grand les diverses régions où il transporte ses
lecteurs. Sans doute, les campagnes d'Alexandre en Orient
prêtaient à de semblables récits, et surtout Quinte-Curce y était
poussé par son goût pour l'anecdote et le pittoresque. C'est
une décadence incontestable du genre historique, mais qui
atteste entr'autres que l'opinion publique commençait à accorder une place au sentiment de la nature, jusque dans les récits
d'un but instructif. Il serait trop long et assez inutile d'énumérer toutes les descriptions intéressantes contenues dans Quinte-
Curce. Il semble avoir une prédilection particulière pour les
fleuves ombragés; ainsi il y a des pages gracieuses sur le fleuve
Marsyas dont la couleur rappelle celle de la mer (III, 1), sur
le Cydnus en Cilicie aux eaux glacées (III, 10), sur le fleuve du
Mède avec ses platanes et ses peupliers (V, 13); mais ce qui
l'intéresse le plus, ce sont les manifestations des forces de la
nature, telles qu'elles abondent en Orient. Peu lui importe d'ex-
agérer, pourvu que l'imagination de ses lecteurs soit frappée;
il faut citer surtout sa description du désert (IV, 30), qui rend
bien l'impression de l'immensité; puis, d'une sécheresse acca-
blante; ailleurs, ce sont les sables mouvants de la Bactriane, dé-
placés par les vents au point que les voyageurs doivent se gui-
der d'après les astres (VII, 17); ailleurs, c'est un tableau d'un
hiver rigoureux et des souffrances endurées par les soldats
(VII, 12 et 13); ailleurs enfin, c'est le récit clair et pittoresque
du flux et du reflux de l'Océan indien, qui produit l'effet d'une
véritable inondation et qui faillit détruire une partie de l'armée
d'Alexandre. (IX, 36 et 37.)

En résumé, les historiens du Ier siècle conservent leur position assez neutre à l'endroit de la nature, et le seul ouvrage où
celle-ci ait obtenu un plus large accès n'est guère autre chose
qu'un roman historique.

§ 4.

Les poëtes du premier siècle.

Dans la période précédente, l'étude des poëtes devait précéder celle des prosateurs; au Ier siècle, c'est l'inverse qui doit avoir lieu : le sentiment de la nature se développe sous une nouvelle forme dans Sénèque et même dans les deux Pline; dans les poëtes leurs contemporains, il existe certainement, il est à certains égards aussi fréquent que dans les poëtes du temps d'Auguste, mais il n'y a progrès que dans l'art de la description, c'est-à-dire sur un point secondaire.

Prenons d'abord les poëtes qu'on a qualifiés avec esprit du surnom de pseudo-virgiliens : Silius Italicus, Valerius Flaccus et Stace, trois poëtes, plus ou moins épiques, de 3me ordre, mais qui sont, d'ordinaire, traités un peu trop dédaigneusement par ceux qui ne les ont pas lus.

Silius Italicus était un homme riche qui possédait plusieurs villas au sud de l'Italie; il doit avoir acheté, entre autres, des villas de Cicéron et de Virgile, ses deux modèles. Mais la fortune de Silius Italicus était plus considérable que son imagination. Son long poëme épique sur la guerre punique en fait foi : son imitation servile de Virgile lui a été plus utile pour la langue que pour les idées.

Quant à son sentiment de la nature, il n'est pas aisé de l'apprécier équitablement. Ceci tient, je crois, à ce que le poëte tantôt se laisse aller à sa manie d'imitation, et alors nous voyons se mouvoir tous les rouages de l'ancienne épopée qui ici ne sont plus que des ficelles, et tantôt donne essor à son propre esprit ou, si l'on veut, à l'esprit de son temps. Cette double influence se retrouve dans sa manière de sentir la nature. C'est ainsi qu'il y a beaucoup de froides personnifications de fleuves, de divinités maritimes, beaucoup d'aurores banales et de comparaisons par trop homériques pour le premier siècle. Dans cette première catégorie, rentrent bon nombre de descriptions[1]. Quand Silius Italicus s'affranchit de cette tutelle, il fait mieux. Voyez, par exemple, cette rapide comparaison avec les rochers qui s'écroulent du sommet des Alpes:

.....Alpibus altis
Aeriæ rupes, scopulorum mole revulsa,
Haud aliter scindunt resonanti fragmine montem.
(I, 370.)

Voyez cette caractéristique du cours impétueux du Rhône et du cours lent de la Saône (III, 447-455), relevée par quelques vers bien frappés. Voyez surtout des vers vraiment gracieux sur les rives ombragées du Tessin (IV, 81-87):

Ac nitidum viridi lente trahit amne liquorem, etc.

Certes je ne prétends pas que ces deux courants soient toujours distincts dans Silius Italicus; il leur arrive, au lieu de couler parallèlement, de se mélanger pour quelque temps. C'est ce qui a naturellement lieu dans les descriptions de longue haleine, surtout dans son récit du passage d'Annibal à travers les Alpes, déjà mentionné ailleurs, à propos de la manière dont les Romains comprirent les montagnes (IIe période, § 1.) C'est ainsi qu'avant et après ces deux vers, un peu recherchés mais énergiques, sur ces Alpes gigantesques qui masquent le ciel :

.....Tam longa per auras
Erigitur tellus et cœlum intercipit umbra
(III, 485),

nous tombons dans les exagérations traditionnelles et par là même banales sur les neiges et l'hiver éternel.

Valérius Flaccus, quoique d'une originalité bien supérieure à celle de Silius Italicus, subit aussi assez habituellement l'influence de ses réminiscences classiques et surtout alexandrines, car son poëme sur les *Argonautes* est une imitation d'Apollo-

---

[1] Citons, par exemple, sa description de l'Atlas, imitée de l'*Enéide* (I, 201, 207); les fureurs du vent du nord, qui sentent aussi la réminiscence (I, 584, 595); les plaintes de la terre d'Italie sur les misères de la guerre (XV, 530, etc.), touchantes il est vrai, mais réminiscence de Virgile, de Lucain, etc.

10

nius de Rhodes. Tout au plus pourrait-on dire que dans son poëme, du reste inachevé, les deux courants sont plus souvent mélangés que dans celui de Silius Italicus. Son sujet, la conquête de la toison d'or et la fuite de Médée avec Jason, devait l'induire en tentation de décrire des orages sur mer. Il n'y a pas résisté ; de là de longues descriptions où il y a certainement bien des vers énergiques, mais dont l'ensemble est fatigant et froid[1]. Les orages, les incendies et autres phénomènes de ce genre sont l'écueil inévitable des poëtes de troisième ou de quatrième ordre : ce n'est pas dans un laborieux travail de mosaïque qu'on sent passer le souffle destructeur mais fascinateur de l'orage ou de l'incendie.

Ajoutons que ces réminiscences sont plus excusables chez un poëte comme Valérius Flaccus, mort jeune et avant d'avoir pu dégager sa propre individualité de dessous le manteau de plomb des Alexandrins. Deux ou trois exemples, trop rares assurément, montrent ce qu'aurait pu devenir chez lui le sentiment de la nature. Même dans la peinture des enfers, qui se répète à satiété dans la poésie antique, on trouve quelques coups de pinceau qui rachètent le reste :

> Stant tacitæ frondes ; immotaque silva comantı
> Horret verna jugo........ arvaque nigro
> Vasta metu ; et subitæ post longa silentia voces.
>
> (III, 402, etc.)

Voici qui n'exprime pas mal le silence mystérieux et inquiétant de la nuit.

> Ipsa quies rerum, mundique silentia terrent
> Astraque et effusis stellatus crinibus æther.
>
> (II, 41.)

Dans Virgile, des vers comme ceux-là ne manqueraient pas d'être mis en circulation ; mais enfouis dans un obscur poëte du premier siècle, personne n'en prend note.

Stace est supérieur à Silius Italicus et à Valérius Flaccus ;

---

[1] I, 555-660 environ, avec tout l'appareil mythologique et force réminiscences du livre Ier de l'Énéide ; voir aussi livre VIII, 321-335, supérieur, probablement parce que c'est plus court.

son talent brillant mais superficiel ne démentait pas son origine napolitaine. Stace fut un des héros des lectures publiques
et mourut à Naples entre 30 et 40 ans. Faute de temps, nous
ne chercherons les traces de son sentiment de la nature ni
dans les 12 livres de la Thébaïde, bourrés de combats, ni même
dans les deux seuls livres qui nous restent de l'Achilléïde, bien
supérieurs comme talent de conteur et de description, mais
uniquement dans ces petites pièces fugitives, connues sous le
nom bizarre de *Silves*, et qui nous initient bien mieux que de
fades épopées à la vie romaine du Ier siècle.

Pour caractériser d'un mot le sentiment de la nature de
Stace, il suffirait de dire qu'il rappelle involontairement celui
de Pline-le-Jeune. Ce rapprochement m'a frappé toujours davantage à mesure que j'avançais dans la lecture des *Silves :*
c'est la description gracieuse ou ingénieuse de la nature, mais
sans perspective, sans arrière-plan, sans retour sur l'homme,
sur les forces divines.

Il me reste à justifier cette double assertion par quelques
exemples. Stace, comme Pline-le-Jeune, aimait la nature, et ses
descriptions n'ont pas pour but suprême de la décrire, mais
de la faire aimer. Cependant, combien l'homme et la nature se
mélangent peu l'un avec l'autre, en comparaison d'Ovide et de
Sénèque ! Dans un épithalame (*Silves* I, 2, v. 148, etc.), Stace
décrit le printemps perpétuel qui règne dans le sanctuaire de
Vénus et de l'amour ; il le fait avec grâce, mais sans fouiller
plus avant et sans montrer la parenté intime de la saison et
du sentiment qui ont le don de rajeunir la nature comme
l'homme. Ailleurs, la métamorphose d'une nymphe en un platane (II, 3) au bord de l'eau ne lui inspire aucun rapprochement. Là même où il invoque la nature et se plaint à elle de
la mort de son fils adoptif (V, 5), cette personnification de la
nature qui rappelle Lucrèce, mais au désavantage de Stace,
est singulièrement stérile et froide. Ce n'est ni du polythéisme,
ni du panthéisme, c'est un pâle fantôme.

En revanche, si l'on s'en tient simplement aux descriptions,
il y a progrès marqué sur Silius Italicus et Flaccus, peut-
être même sur Ovide. On peut regretter bien des longueurs,

s'impatienter quelquefois de ses minuties ou de sa recherche, mais il faut rendre justice à la netteté et à la finesse d'une foule de détails. Les effets d'eau, de couleur, et même de lumière commencent à être saisis au passage; justice est rendue aux fascinations de la mer (Livre III, 2, v. 12, 20), quoique dans cette pièce le cortége mythologique, l'orage inévitable et les longueurs de toute espèce ne disposent guère à l'indulgence.

Les deux Silves les plus intéressantes comme description sont consacrées à deux villas de ses amis ou protecteurs. Elles ont le tort incontestable d'être d'une longueur disproportionnée à l'importance du sujet, mais c'est là le vice fondamental de toutes les Silves de Stace. C'est la troisième Silve du livre I qui fait le panégyrique de la villa de Tibur de Manlius Vopiscus. Après l'éloge ordinaire sur le climat tempéré en été comme dans la saison froide, voici de jolis vers sur les ombrages qui se mirent dans les eaux courantes. (V. 17, etc.)

> ......Nemora alta citatis
> Incubuere vadis; fallax responsat imago
> Frondibus, et longas eadem fugit unda per umbras.

Ailleurs, à propos de la mousse et du clapotement de l'Anio (malheureusement personnifié!):

> Huc illuc fragili prosternit pectora musco:
> Aut ingens in stagna cadit, vitreasque natatu
> Plaudit aquas.......
>   (V. 72, etc.)

L'autre villa, celle de Pollius Felix, est au bord de la mer, près de Sorrente (II, 2, v. 13, etc.) :

> ....Placido lunata recessu
> Hinc atque hinc curvas perrumpunt æquora rupes
> Dat natura locum ; montique intervenit udum
> Littus, et in terras, scopulis pendentibus, exit.

Plus loin (v. 45-62), il analyse le parti qu'on a su tirer du voisinage de la mer, et surtout — voici de nouveau une des idées favorites de Pline-le-jeune — les ingénieuses transformations imposées à la nature. C'est là, en effet, le côté vulnérable de ce sentiment de la nature qui repose plutôt sur un raffinement intellectuel que sur une large sympathie pour la nature, non encore perfectionnée par la main de l'homme.

Il ne faut pas s'attendre à ce que la nature occupe dans la poésie satirique du premier siècle une place importante. Perse et Juvénal ne se consolent pas si rapidement qu'Horace des misères de leur temps, et la vie à la campagne ne peut les empêcher de penser toujours à Rome. Quant à Martial, on ne peut pas dire que ce soit l'indignation qui lui ferme les yeux, mais l'habitude de se vautrer dans la boue est une mauvaise préparation pour sentir la poésie de la nature.

Quoique vingt années à peu près se soient écoulées entre la mort de Perse et la maturité du talent de Juvénal, ces deux noms ont trop l'habitude d'être réunis pour ne pas l'être ici. Le seul passage, pour ainsi dire, de Perse qui touche à notre sujet, c'est le début de la sixième satire. Le jeune satirique passe l'hiver, non point sur les bords voluptueux du golfe de Naples, mais près du port de Luna, en Etrurie, dans un chaud vallon entouré de rochers. Il n'y regrette point Rome, dit-il; cependant, quelques vers plus loin, l'idylle se transforme en satire.

Si dans Juvénal la campagne occupe davantage de place, c'est toujours par opposition aux embarras, au luxe et aux vices de la grande ville. Dans la troisième satire, il félicite un ami de quitter Rome pour Cumes. (V. 4 et 5.)

> Janua Baïarum est et gratum littus amœni
> Secessus ; ego vel Prochytam præpono Suburæ.

Pourquoi? la suite de la satire nous l'apprend en énumérant tous les embarras de Rome ; sans doute, c'est dans la bouche d'Umbricius, l'ami qui s'en va, qu'est placé ce réquisitoire, mais Juvénal n'a garde de le contredire. Il avait, d'ailleurs, lui-même sa villa de Tibur, et le repas qu'il y promet à son ami Persicus (*Sat.* 11, v. 65, etc.), sans être somptueux, n'est point trop rustique ; un petit chevreau bien tendre, des asperges de montagne, des raisins conservés, des poires et des pommes de première qualité, voilà de quoi rassurer même un gourmet de Rome. Juvénal ici donne la main à Horace. Remarquons ce-

pendant que Juvénal proteste contre le luxe à la campagne ;
ainsi dans la quatorzième satire, où il met à cœur aux parents
de prêcher d'exemple à leurs enfants, ce qui l'amène à un retour sur le passé et, comme de juste, à l'éloge des anciens
campagnards romains ; maintenant, au contraire, chaque propriétaire ne songe qu'à s'agrandir.

> . . . . Ergo paratur
> Altera villa tibi, quum rus non sufficit unum
> Et proferre libet fines, majorque videtur
> Et melior vicina seges.
>
> (*Sat.* 14, v. 140, etc.)

Le mal dont se plaint Juvénal n'était pas récent, et la vie à
la campagne avait cessé d'être, dès longtemps, une vie à l'abri
du luxe et des vices de Rome. Juvénal ne pouvait s'y tromper ;
ainsi tombait la principale raison d'être de son affection pour
la nature.

Martial, l'Espagnol de Bilbilis, était à l'abri de semblables déceptions : dans ses 12 à 1400 épigrammes, je ne me rappelle
pas avoir rencontré cette préoccupation. Il a trop de plaisir
à raconter les scandales de Rome pour y chercher sérieusement un remède, fût-ce même un palliatif inoffensif comme la
vie des champs. On a d'ailleurs surfait l'esprit de Martial, surtout en France, en même temps qu'on a atténué son obscénité
brutale. La seule excuse de Martial — si c'en est une — c'est
qu'il ne réussit pas même à être voluptueux.

Il ne faudrait pas croire que Martial ne parle jamais de la campagne ou des villas. Au contraire, mais c'est dans un esprit tantôt fort pratique, tantôt franchement épicurien, deux tendances
qui savent fort bien se concilier. C'est ainsi que la description
de sa propre *villa rustica* (III, 58), sans myrte ni platane ni
buis, n'est guère qu'une énumération de tous les habitants de
sa basse-cour, de ses étables, bref de tous les produits capables de figurer sur la table. Martial était pauvre aussi ne le
chicanerons-nous pas sur ses jouissances de propriétaire, seulement le sentiment de la nature n'a presque rien à y voir.

La tendance épicurienne est beaucoup plus fréquente, et là
il faut accorder à Martial que la précision de ses vers n'en ex-

clut point la grâce. Il énumère à l'un de ses compatriotes, Lici-
nianus, tous les avantages du climat et des environs de Bilbilis,
la patrie du poëte (I, 49), et voici précisément un exemple de
grâce et de précision dans ces deux vers sur le Tage :

> Aestus serenos aureo franges Tago
> Obscurus umbris arborum.

Malheureusement, de pareils vers sont bien rares chez Martial.
En tâchant de persuader un ami d'aller dans des bains en Etrurie (VI, 42), il s'écrie avec finesse que nulle part le crépuscule
n'y est aussi long :

> Lux ipsa est ibi longior, diesque
> Nullo tardius a loco recedit.

Une villa d'un ami, immédiatement au bord de la mer, semble exciter particulièrement sa sympathie parce qu'on peut y
pêcher à la ligne de la maison même, y affronter sans danger la
tempête et appeler les murènes ou les mulots apprivoisés. (X, 30.)
Un tel poëte était fait pour chanter le golfe voluptueux de Baïes ;
il l'a fait plus d'une fois ; qu'il nous suffise de rappeler cette espèce de déclaration d'amour à Baïes.

> Ut mille laudem, Flacce, versibus Baias.
> Laudabo digne non satis tamen Baias.
> (XI, 81.)

Mais l'intelligence de Martial pour la nature ne va pas au delà.
Du sommet du Janicule — le monte Mario actuel, d'où l'on a la
vue la plus pittoresque sur Rome, sur le Tibre et sur les montagnes de la Sabine et d'Albano — Martial n'indique qu'en deux
ou trois vers le panorama qui se déroule à ses pieds, tandis
qu'il s'étend assez longuement sur les agréments des jardins de
son ami, un soleil pur quand le brouillard cache la vallée du
Tibre, le silence malgré le voisinage de la grande ville, etc., etc.
(IV, 64.) L'œil et l'esprit de Martial étaient trop absorbés par
les jouissances qui l'entouraient pour s'élancer au loin avec
cette admiration rêveuse qui caractérise le vrai sentiment de
la nature.

§ 5.

Les écrivains de la décadence.

Ce dernier paragraphe sera très court quoiqu'il embrasse près de trois à quatre siècles. Toutefois, il n'est pas superflu : si nous avons cherché à recomposer ce que pouvait être le sentiment de la nature avant que Rome eût des écrivains, il n'est pas moins intéressant de chercher ce qu'il devint avant et pendant l'époque où se répandirent sur l'ancien monde les flots dévastateurs et pourtant fécondants de l'invasion barbare. D'ailleurs, la décadence d'une littérature ou d'un peuple n'est souvent que partielle ou qu'apparente. Il y a des idées et des usages qui se transforment ; les siècles les plus stériles préparent lentement l'avenir, et l'histoire ne fait jamais table rase du passé. Il importe de voir, par exemple, si le sentiment de la nature s'est peut-être modifié, même dans le monde païen, sous l'influence indirecte des idées chrétiennes.

Le seul écrivain du second siècle qui ait eu vraiment de l'originalité, c'est Apulée [1] ; il est le seul également qui soit important pour notre sujet. Apulée appartient déjà à cette race cosmopolite qui va dominer dans l'empire : c'est un Africain de Numidie qui a étudié le platonisme à Athènes, qui a pratiqué le Forum romain, qui a voyagé partout et qui devient l'homme influent de Carthage. Il compose tour à tour un roman assez scandaleux, l'*Ane d'or,* des discours fleuris à l'excès et des traités de philosophie bizarres, mais parfois entraînants.

Commençons par le roman. Il faut rendre à Apulée la justice qu'il est moins habituellement licencieux que Pétrone, son prédécesseur du Ier siècle et le créateur à Rome d'un genre que de nos jours on n'oserait pas même appeler le roman grivois. Dans le *Satyricon* de Pétrone — ceci soit dit en passant — la

[1] Il va sans dire que les Pères de l'Eglise ou, pour parler plus exactement, les écrivains chrétiens des premiers siècles sont en dehors de mon sujet.

nature n'existe pour ainsi dire pas[1]. Qu'aurait-elle à faire au
milieu de ces scènes de mœurs (et quelles mœurs !)? Ainsi, à
son début, le roman à Rome s'est fort peu inquiété de la nature.
Dans Apulée, les traces sont un peu plus fréquentes. Il y a par
exemple dans le L. IV un jardin tout fleuri où se réfugie le héros
du roman, c'est-à-dire l'homme métamorphosé en âne, et où il
apprécie sentimentalement les roses, car c'est là le talisman
qui doit lui rendre sa forme humaine, mais ces prétendues roses
se trouvent être tout autre chose ; çà et là la lune se mêle au
récit, ainsi au début du L. XI, le même héros, réveillé par la
lumière éblouissante de la lune, l'invoque avec grande ferveur
dans l'espoir de sortir de sa triste position. On peut reconnaître
dans ces deux passages une veine humoristique qui n'est pas
ce qu'il y a de moins original dans l'Ane d'or.

Mais voici où décidément il y a tout autre chose : c'est dans
ce même L. XI, quelques pages plus loin. La nature s'associe
à la joie de l'homme, la sérénité du ciel, le chant des oiseaux,
le balancement même des arbres lui semble s'harmoniser avec
ses sentiments; dans le monde moderne, c'est une conception
si fréquente qu'on n'y prend plus garde ; à Rome, même après
certains passages de Properce et d'Ovide, ceci était nouveau,
car ici Apulée analyse ses impressions et a bien soin de les
donner comme subjectives et non comme objectives, ce qui leur
donne une tout autre poésie. C'est peut-être du raffinement, à
moins qu'il ne s'y cache une ironie humoristique contre le sen-
timentalisme exagéré; je ne le crois pas cependant, preuve en
soit le charme un peu mystique du passage suivant : « ut canoræ
etiam aviculæ, prolectante verno vapore, concentus suaves
assonarent; matrem siderum, parentem temporum orbisque
totius dominam blando mulcentes affamine. » Ce souffle mystique va s'expliquer, je crois, par les tendances panthéistes
d'Apulée, car partout où paraît le panthéisme, le sentiment de
la nature gagne en infini et même en profondeur.

C'est dans le petit traité de l'univers (*de Mundo*) qu'il faut

---

[1] Tout au plus peut-on citer quelques vers assez gracieux au milieu d'une
scène fort sensuelle. (Chap. 131.)

chercher la clef du passage précédent. Ce traité est une imitation, mais assez libre, de celui d'Aristote sur le même sujet.
Peut-être s'y est-il aussi mêlé quelque influence orientale, car
avec Apulée il ne faut pas perdre de vue que son ardeur africaine est alliée à un éclectisme cosmopolite. Apulée admire
l'univers avec un enthousiasme qui rappelle Sénèque, mais
sans s'élever, comme le grand moraliste, jusqu'à la reconnaissance. Sans doute son admiration sait analyser, mais elle
insiste sur la nécessité de contempler l'ensemble plutôt que les
détails. C'est qu'Apulée est singulièrement touché de tout ce
qu'il y a de divin dans le monde : « Neque ulla res est tam
præstantibus viribus, quæ viduata Dei auxilio, sui natura
contenta sit. » Il développe cette pensée de façon à côtoyer le
panthéisme. Je crois donc pouvoir conclure que c'est un souffle
panthéiste qui explique dans Apulée cet élargissement du sentiment de la nature.

Les autres écrivains du IIme siècle, Frontinus et Aulu-Gelle,
ne méritent pas de nous arrêter ; tout au plus vaut-il la peine de
relever dans la correspondance entre Marc-Aurèle et Frontinus
quelques mots sur le plaisir qu'éprouvait Antonin à aller faire
la vendange à Lorium où à Lanuvium.

Quant au IIIme siècle, le siècle d'Ulpien, de Papinien et de
Tertullien, c'est le plus stérile de tous pour la littérature proprement dite. Les seuls poëtes qui pourraient fournir quelque
chose sont Némésien et Calpurnius dans leurs poésies didactiques et leurs églogues ; il ne m'a pas été possible de me les
procurer. Je ne pense pas que cette lacune soit bien sensible ;
tout au plus constaterait-on dans les *Cynégétiques* de Némésien
l'imitation alexandrine, et dans les *Eglogues* des deux poëtes
des réminiscences, tantôt pâles tantôt boursoufflées, de celles
de Virgile.

Le IVme siècle nous offre de nouveau des noms avec lesquels
il faut compter, mais ni l'historien Ammianus-Marcellinus, ni
les *Lettres* de Symmaque ou les *Saturnales* de Macrobe ne peuvent trouver place ici. Ausone seul, le poëte de Bordeaux, plus
chrétien de nom que de fait, mérite une page dans ce travail,
car Ausone a écrit la *Moselle.*

La *Moselle* est la 10me idylle du recueil; c'est un essai descriptif de près de 500 vers. L'idée de choisir la description d'une
rivière comme sujet d'un petit poëme nous révèle l'envahis-
sement de l'école descriptive depuis Stace. Le choix de la
Moselle n'est pas moins significatif; c'est une rivière de la
Germanie qui inspire un poëte de Bordeaux: l'empire romain
est déjà cosmopolite. Convenons, d'ailleurs, que la Moselle, surtout de Trêves à Coblence, est une des rivières du nord qui méritent le mieux d'inspirer un poëte.

En lisant la *Moselle*, la gracieuse poésie de Hebel sur la rivière de la Wiese m'est revenue en mémoire. Le poëte de la
Forêt-Noire éprouve pour la nature plutôt une amitié caressante et familière que de l'admiration ou qu'une sympathie rêveuse; aussi personnifie-t-il la rivière de sa vallée natale: la
Wiese devient une jeune fille dont il aime à redire les caprices
folâtres, puis la douce allégresse à l'approche de son fiancé, le
majestueux fleuve du Rhin. Rien de pareil dans Ausone. A tout
prendre, je lui sais gré de n'avoir pas personnifié la Moselle :
mieux vaut une rivière qu'un fantôme mythologique.

Faisons dans la Moselle la part du feu, c'est-à-dire, des hors-
d'œuvre assez peu poétiques, avant tout de cette fatigante énumération de poissons (vers 75-150) que Symmaque, dans une
lettre à son ami Ausone, admire tout particulièrement. A la rigueur, on peut être plus indulgent envers cette joûte de ba-
teaux (vers 200-240), cette description minutieuse de la pêche
(240-258); mais les 100 derniers vers gagneraient à être dimi-
nués de moitié. Somme toute, il ne reste qu'une faible partie
du poëme qui prenne à tâche de décrire la Moselle et ses
bords.

Dans cette partie vraiment descriptive, le lecteur est tantôt
désagréablement frappé du bel-esprit qui se donne carrière,
tantôt agréablement surpris de la finesse d'analyse de certains
détails descriptifs. Sur ce dernier point, Ausone est en progrès
sur Stace et sur Pline-le-Jeune. Ausone étant peu connu,
quelques citations sont de rigueur. A l'approche d'une ville des
Belges, le poëte est frappé de voir combien l'air semble plus
pur, le ciel n'étant plus masqué par la verdure des arbres :

Nec jam, consertis per mutua vincula ramis
Quæritur exclusum viridi caligine cœlum.

(Vers 14, 15.)

Plus loin, il décrit avec un soin particulier la transparence des eaux de la Moselle. (Vers 55, etc.) :

Spectaris vitreo per lævia terga profundo
Secreti nihil amnis habens....

et surtout les herbes et les cailloux qu'on aperçoit dans le lit du fleuve (vers 65, etc.) :

Utque sub ingenuis agitatæ fontibus herbæ
Vibrantes patiuntur aquas : lucetque latetque
Calculus : et viridem distinguit glarea muscum.

Voici qui est encore supérieur, car il s'y mêle une certaine rêverie, inconnue sans cela à Ausone; c'est à propos des ombres du soir sur la rivière, et d'une barque qui glisse :

Per medium, qua sese amni confundit imago
Collis, et umbrarum confinia conscrit amnis.

(Vers 198, 199.)

Ces citations sont les plus caractéristiques, mais il ne serait pas difficile de les multiplier; n'autorisent-elles pas à conclure que le talent exclusivement descriptif, loin de se perdre, était plutôt en progrès depuis le premier siècle?

Est-il nécessaire, après cela, d'indiquer les lacunes du sentiment de la nature dans la Moselle? Les détails les plus fins, même les plus neufs pour la poésie romaine, ne caractérisent pas la Moselle plus que beaucoup d'autres rivières. Ses méandres continuels, ses bords resserrés et par là si pittoresques ne sont pour ainsi dire pas mentionnés. Enfin, il n'y a aucune allégorie, aucune profondeur, aucun arrière-plan humain: la Moselle est pour Ausone la matière de quelques descriptions habilement nuancées, voilà tout.

Après avoir langui durant trois siècles, la poésie romaine eut la bonne fortune de se relever une dernière fois et de mourir d'une belle mort : Claudien et Rutilius, au Ve siècle, sont les derniers poëtes de Rome, mais ce sont encore des poëtes.

Le sentiment de la nature, dans Claudien, a un tout autre caractère que dans Ausone; il est moins gracieux, moins nuancé, mais aussi moins mignard. Il y a dans les vers de Claudien quelque chose de plus large en même temps que de plus élevé. C'est ainsi qu'au début de sa satire contre Rufin, Claudien déclare qu'il s'est demandé plus d'une fois s'il y a une Providence; la contemplation de l'univers lui disait oui, le succès des méchants lui disait non. Le poëme en trois livres sur l'enlèvement de Proserpine prête à de nombreuses descriptions et Claudien ne s'y laisse que trop aller, mais là même, le poëte tombe plutôt dans l'enflure que dans la mignardise.

Au commencement du L. II, le Zéphire, chargé de faire germer le printemps sur les pelouses, conduit Claudien à une description qui rappelle l'ampleur de Lucrèce :

Ille novo madidantes nectare pennas
Concutit, et glebas fecundo rore maritat,
Quaque volat, vernus sequitur rubor, omnis in herbas
Turget humus....

Quoique le goût de Claudien l'entraîne de préférence vers les descriptions majestueuses, sa courte et charmante poésie sur ce vieillard de Vérone qui n'a jamais quitté son coin de terre nous le montre appréciant les douceurs du chez-soi. Le vieillard voit grandir le chêne qu'il a planté :

Ingentem meminit parvo qui germine quercum
Aequævumque videt consenuisse nemus.

Ce n'est pas à dire qu'il n'y ait pas, soit dans le poëme sur Proserpine, soit dans les *Idylles* [1], bien des descriptions de la nature inférieures aux passages cités; mais si, pour juger un poëte, il faut tenir compte de ce qu'il a fait de médiocre, il importe surtout de savoir jusqu'où il a pu atteindre.

C'est faire beaucoup trop d'honneur à l'*Itinéraire* de Rutilius de le comparer au *Childe-Harold* de Byron, aux poétiques récits de voyage de Châteaubriand, de Lamartine et de tant d'autres modernes. Ceux qui ont lu les 700 et quelques vers qui nous

---

[1] Entre autres le Phénix, le Nil, la source thermale d'Aponus.

restent de ce récit du retour de Rutilius de Rome en Gaule savent à quoi s'en tenir là-dessus. Cependant, cet Itinéraire est intéressant en tant qu'innovation, car on se rappelle que le voyage à Brindes d'Horace n'a pas un mot pour le pittoresque de la nature, et quant à l'*Itinéraire* perdu de César, on ne peut dire ce qu'il était. Dans l'*Itinéraire* de Rutilius, il y a du moins quelques velléités de descriptions; mais elles sont très rares. Le vers suivant est à peu près le seul de son espèce :

Pineaque extremis fluctuat umbra fretis.

(284.)

Et quant aux quelques vers sur les ruines (410, etc.), ils sont bien faibles après Sénèque. Il y a quelque chose cependant qui sauve de l'oubli cet Itinéraire, c'est son enthousiasme pour la ville de Rome. Ce Gaulois, à la veille de retourner dans sa patrie, pleure de quitter cette ville splendide; telle était la fascination qu'exerçait encore, malgré l'invasion des Barbares, la ville aux sept collines. Dans les adieux de ce Gaulois, il y a quelque chose de singulièrement mélancolique, quand nous nous rappelons qu'ils furent écrits 5 ou 6 ans après la prise de Rome par Alaric : ce sont les adieux de l'ancien monde à la ville qui lui avait imposé son nom !

§ 6.

Conclusion.

Plus on a suivi en détail le développement d'un sentiment ou d'une idée dans l'histoire de l'humanité, plus on sent douloureusement, combien les formules et les systèmes mutilent la réalité. Toutefois, toute recherche doit conclure, toute érudition doit aboutir à la science. Je ne veux point récapituler les différents paragraphes de ce travail, ce que j'ai cherché à faire au fur et à mesure, mais je désire en dégager quelques résultats généraux.

A première vue, on serait tenté de dire que le sentiment de

la nature, d'abord contenu dans la religion primitive, s'est révélé ensuite chez les poëtes, puis, à dater de l'empire, chez les prosateurs romains. Toutefois, ce serait abuser du droit de simplifier la question, car ce que la religion primitive contenait de sentiment de la nature s'est conservé en partie sous la mythologie hellénisée; puis, si les prosateurs sont fort à l'arrière-plan dans notre seconde période, les poëtes du premier siècle et de la décadence ne peuvent être passés sous silence.

Peut-on dire que le sentiment de la nature, à dater de Virgile, soit allé en s'affaiblissant? Non certes; pas plus qu'il ne serait équitable de le voir à tous égards en progrès dans le premier siècle. Même en pleine décadence, à la veille de l'invasion des barbares, il faut reconnaître sur certains points un véritable progrès, témoin la *Moselle* d'Ausone. En d'autres termes, les divers éléments dont se composait à Rome le sentiment de la nature n'ont à aucune époque été réunis.

La tendresse rêveuse de Virgile pour la nature, tempérée par la tendance pratique des *Géorgiques,* est restée un fait unique dans la littérature romaine, tandis que la curiosité scientifique de Lucrèce a été dépassée en élévation par celle de Sénèque; l'attraction d'Horace pour les jouissances de la vie des champs ne s'est pas maintenue depuis lui dans cet équilibre habile entre l'épicuréisme et l'affection désintéressée; tout au plus Pline-le-Jeune a-t-il retrouvé plus tard un équilibre analogue.

Le talent d'associer la nature aux impressions humaines, surtout à l'amour, a été plus développé chez les élégiaques, notamment chez Properce et chez Ovide, que chez Virgile; mais dans tout le premier siècle, cette veine semble perdue : quand Sénèque et Lucain rapprochent l'homme de la nature, c'est pour la faire moraliser ou pour faire éclater le triomphe de la volonté humaine sur le monde extérieur. Il faut aller jusqu'à la décadence, jusqu'à Apulée, pour retrouver cette veine perdue.

L'art de décrire la nature, d'analyser ce qui en fait le pittoresque, est le seul qui progresse jusqu'à la fin. A cet égard, Ovide l'emporte sur Virgile et Horace, Stace et surtout Pline-le-Jeune sur Ovide, et peut-être la *Moselle* d'Ausone est-elle le nec plus ultra du genre dans l'antiquité latine ; ce qui ne signifie nullement que le sentiment de la nature d'Ausone soit comparable à celui de Virgile. Reconnaître les mérites partiels de l'école descriptive, ce n'est pas lui donner gain de cause.

Enfin, l'association du sentiment religieux au sentiment de la nature est venue tard dans la littérature romaine, elle n'a pas duré longtemps, et toujours — fait inouï dans l'histoire littéraire, excepté en Chine — elle est restée étrangère à la poésie romaine. On peut dire qu'elle est venue tard, quoiqu'elle fût contenue dans la religion primitive, car aucun écrivain romain, même Virgile, n'a songé à interpréter le grand rôle de la nature dans les débris religieux des premiers âges : le polythéisme hellénique semble les avoir aveuglés. C'est Cicéron le premier, on se le rappelle, qui de l'admiration en face de la nature passe à l'adoration ; Sénèque s'élève plus haut, car il va jusqu'à la reconnaissance. Après lui, malgré quelques tentatives plus ou moins panthéistes de Pline l'Ancien et d'Apulée, le courant électrique semble de nouveau interrompu entre la nature et le divin.

C'est là ce qui a achevé de donner le coup de mort au sentiment de la nature dans l'antiquité latine, car le talent descriptif le plus ingénieux ne saurait rendre la vie à un cadavre.

Un parallèle détaillé entre le sentiment de la nature à Rome et celui des Grecs serait instructif, à condition de ne pas se réduire à quelques formules plus ou moins paradoxales. Autant que je puis en juger, sans avoir étudié directement ce sujet dans les écrivains grecs eux-mêmes, la conclusion serait celle-ci : le sentiment de la nature à Rome, surtout sous l'empire, comparé à celui de la Grèce, est un acheminement vers celui du monde moderne. C'est dire qu'il est en général plus varié et plus intime à Rome qu'en Grèce. Ceci ne doit pas nous étonner. Sans doute, l'esprit hellénique était bien plus accessible à la poésie, mais diverses circonstances le détournèrent de celle de la nature. Particulièrement frappés de la grâce et de la beauté sereine de leur nature, les écrivains grecs ne voient guère que l'harmonie entre elle et l'homme, une harmonie extérieure qui s'inquiète peu des rapports plus intimes.

En outre, quoique la Grèce ait eu sa décadence, elle n'a pas passé par les mêmes épreuves que l'empire romain, l'individu n'y a pas été poussé, comme à Rome, à chercher un refuge dans la nature. D'ailleurs, l'essence même de la religion grecque et de l'esprit hellénique y mettait obstacle : là où les dieux sont des hommes et où les hommes deviennent des demi-dieux, à la voix vague mais infinie de la nature se substituent les voix mieux articulées des dieux et des déesses ; mais cette multiplicité n'ajoute rien à la richesse de la poésie de la nature, car concentrer la sympathie et la poésie sur quelques figures brillantes, c'est les enlever à tout ce qui est en dehors de ces personnifications, c'est-à-dire à la nature proprement dite.

Ce qui fut refusé à la Grèce et à Rome avait été donné abondamment à la race hindoue. C'est notre siècle qui a découvert la poésie de l'Inde, et qui de nous ne s'est arrêté rêveur en y retrouvant des sentiments que nous pensions nés d'hier? C'est le cas surtout de la sympathie pour la nature ; non-seulement elle remplit les épopées du Ramayana et du Mahabharata, mais elle envahit jusqu'au drame, celui de Sacountala, par exemple. La rêverie et la recherche de l'infini y sont aussi fréquentes qu'elles sont rares en Grèce et à Rome. La raison en est simple : l'Inde est panthéiste, malgré sa trinité et malgré la réaction de Bouddha ; l'Inde a payé cher son panthéisme, mais elle lui a dû une poésie de la nature qui nous déconcerte, nous autres éclectiques du XIXᵉ siècle, par son caractère gigantesque et ses continuelles préoccupations religieuses.

Toutefois, le sentiment de la nature dans l'Inde est inférieur à quelques égards à celui des Romains. C'est la vie universelle qui frappe les Hindous et non l'ordre, c'est le colossal et non la beauté : de là le manque de précision et d'art dans presque toutes leurs descriptions de la nature ; des détails soignés comme ceux d'Ovide, de Pline-le-Jeune, y sont impossibles. Puis, ce qui est plus grave, l'homme s'y efface tellement devant la nature qu'il ose à peine faire d'elle le miroir de son propre cœur : un Properce n'aurait point pu y graver dans l'écorce des arbres le nom de sa maîtresse, ni un Virgile s'étonner du calme de la nuit pendant les souffrances de cœur de Didon. Enfin, le

sentiment de la nature dans l'Inde semble ne point avoir eu
d'histoire. Il ne s'est pas développé peu à peu, il a éclaté
comme fatalement; or c'est là une infériorité réelle et trop peu
relevée, car une race qui ne sait pas développer les dons qu'elle
a reçus nous amène à douter qu'elle ait compris l'importance
de ce qu'elle a reçu.

Dans le cours de ce travail, j'ai rarement rapproché le sentiment de la nature à Rome avec ce qu'il est de nos jours : c'est
que de semblables comparaisons se présentent d'elles-mêmes
à l'esprit du lecteur, et que, d'ailleurs, une comparaison de détails est facilement arbitraire ; mais le moment est venu de constater rapidement les progrès immenses que le sentiment de la
nature a faits depuis la chute de Rome jusqu'à aujourd'hui. Ne
nous en enorgueillissons pas : il y a cent ans, du moins en
France, sinon en Allemagne et en Angleterre, on n'en était
guère plus avancé que les Romains; et malgré Rousseau, Ber-
nardin de Saint-Pierre et Châteaubriand en France, l'école de
Thompson et les poésies d'Ossian en Angleterre, Klopstock, le
Hainbund et Lavater en Allemagne, il restait encore bien à faire
pour en venir au point où nous en sommes.

Soit dit en passant, ceci montre que le sentiment moderne de
la nature n'est qu'un fruit indirect du christianisme. L'influence
de la race anglo-germanique a été plus considérable. Certes au
point de vue du sentiment de la nature, la conception d'un Dieu
personnel est bien plus féconde que celle du polythéisme ; mais
qu'on se rappelle combien fut incomplet le sentiment de la nature chez les Juifs : la création n'existe dans l'Ancien Testa-
ment que pour donner gloire au Créateur, idée sublime, mais
dont l'exclusisme étouffe tout autre développement. Au risque
d'être mal compris, j'ajoute que le christianisme, en donnant le
coup de mort aux religions de la nature, a dû humilier irrépa-
rablement la nature elle-même. Il lui a arraché la vie divine
dont le panthéisme l'avait trop généreusement comblée. La
création rappelle trop impérieusement au chrétien l'existence
et les droits d'un Créateur pour ne pas transporter d'elle à lui
l'admiration et l'affection de l'homme. De là vient que les poëtes
du XIXe siècle qui ont senti le plus intimement la nature incli-

nent vers le panthéisme . V. Hugo, Lamartine, Gœthe, Heine et bien d'autres.

Cette réserve faite, la poésie chrétienne a de quoi racheter cette infériorité. La puissance et la bonté du Très-Haut visibles dans le monde extérieur, ce ne sont pas là de médiocres sources d'inspiration. Au lieu d'expliquer cette poésie, mieux vaut laisser parler un grand poëte :

> C'est l'heure où la nature, un moment recueillie,
> .... Semble offrir à Dieu, dans son brillant langage,
> De la création le magnifique hommage.
>
> .   .   .   .
>
> L'univers est le temple, et la terre est l'autel.
>
> .   .   .   .
>
> Ce monde qui te cache est transparent pour moi,
> C'est toi que je découvre au fond de la nature,
> C'est toi que je bénis dans toute créature.
>
> (Lamartine, *XVIe Méditation : la prière.)*

Le monde extérieur ne nous parle pas seulement de Dieu, d'un Dieu personnel ou d'une divinité qui repose encore dans le sein de la nature, il nous parle de nous-mêmes. Oui, la nature achève de révéler l'homme à lui-même. Elle est d'abord un symbole dans lequel l'homme s'efforce de lire des avertissements : quoique ces voix allégoriques se soient beaucoup multipliées de nos jours, elles nous rappellent les conseils qu'Horace et Sénèque lisaient à l'adresse de l'homme dans le livre de la nature. Elle est ensuite le confident sympathique de l'homme : il lui demande de sourire à ses joies et de pleurer en réponse à ses larmes ; il est persuadé qu'elle se moule à toutes ses impressions, tandis que c'est lui-même qui s'y mire comme dans un miroir :

> Gardez de cette nuit, gardez, belle nature,
> Au moins le souvenir !

Mais cette illusion consolante ne peut tenir devant l'analyse du XIXe siècle ; il vient tôt ou tard ce moment cruel où le poëte s'aperçoit que la nature a oublié, ou plutôt qu'elle était restée impassible ; c'est Victor Hugo qui s'écrie alors dans une incomparable élégie, la *Tristesse d'Olympio* :

Nature au front serein, comme vous oubliez !
Et comme vous brisez, dans vos métamorphoses,
Les fils mystérieux où nos cœurs sont liés !

C'est Alfred de Musset qui jette à la nature, dans sa *Nuit d'octobre,* ce reproche amer :

Crois-tu donc que je sois comme le vent d'automne,
Qui se nourrit de pleurs jusque sur un tombeau,
Et pour qui la douleur n'est qu'une goutte d'eau ?

Des chants aussi vibrants sont inconnus à l'antiquité romaine ; néanmoins, on y trouverait en germe, dans Virgile, dans Properce, dans Ovide, cet effort pour transformer la nature tantôt en un confident intime, tantôt en un spectateur presque ironique.

Une chose est complétement neuve dans notre sentiment moderne de la nature, c'est qu'il a conscience de lui-même : en un mot, nous avons une esthétique de la nature, et le monde ancien ne la soupçonna même pas.

Le sentiment de la nature à Rome sert donc d'intermédiaire entre celui de l'Orient et de la Grèce et celui de notre temps. L'histoire de ce sentiment rappelle en abrégé le rôle de Rome dans l'histoire de l'humanité : le monde romain fut le puissant creuset destiné à transformer le monde ancien en monde moderne.

TABLE DES MATIÈRES

INTRODUCTION.

Un coucher de soleil au Colisée. Le sentiment de la nature dans l'ancienne Rome, sujet peu étudié jusqu'ici. C'est un de ses côtés faibles. Pourquoi ce sentiment y était moindre que dans le monde moderne. Diverses méthodes à choix. Méthode qui suit l'ordre des matières. Méthode historique, pourquoi préférable. Trois époques à distinguer. Le sentiment de la nature à Rome pas tout à fait synonyme du sentiment de la nature chez les écrivains romains. Influence hellénique importante, mais difficile à préciser..

PREMIÈRE PÉRIODE.

§ 1. Du sentiment de la nature dans la religion primitive de Rome.

Originalité de cette religion primitive. Reproches à son adresse plus ou moins fondés. Culte plutôt que mythologie ; formalisme. Manque de mystérieux ; surabondance de divinités. La nature remplace les temples ; les montagnes, sanctuaires des divinités. Rôle religieux des forêts et des arbres. Les animaux des forêts, symboles religieux, surtout les oiseaux. Les sources et les rivières sont sacrées. Rôle du feu, moins important. Grand nombre des fêtes agricoles. Lupercales et fête des Frères Arvales. Noms significatifs du calendrier romain. Enumération des divinités, simples forces de la nature. Résumé ....

§ 2. La vie agricole du temps de Caton et le sentiment de la nature.

Caractéristique de Caton. Aucune trace du sentiment de la nature dans le *De re rustica*. Circonstances atténuantes : luttes militaires. Travail des champs exécuté par des esclaves. La petite propriété absorbée par la grande. Concurrence écrasante des blés étrangers. Crise agricole qui explique le peu de goût pour la nature ....

11°

DEUXIÈME PÉRIODE.

LES TEMPS DE CICÉRON ET D'AUGUSTE.

§ 2. **Lucrèce, Virgile, Horace.**

§ 3. Les Elégiaques. Catulle. Tibulle. Properce. Ovide.

TROISIÈME PÉRIODE.

EMPIRE ET DÉCADENCE.

§ 3. Pline l'Ancien et Pline-le-Jeune. Tacite et Quinte-Curce.

§ 4. Les poëtes du premier siècle.

§ 5. Les écrivains de la décadence.

§ 6. Conclusion.

THÈSES

—————

I. Il est à désirer qu'il s'introduise une prononciation uniforme pour la langue latine, prenant pour base la prononciation usitée en Italie; toutefois le *c* et le *g* ont conservé très longtemps le son du χ et du γ, plus tard ils ont probablement pris celui du *c* et du *g* italiens (tsche et dge devant *e* et *i*).

II. L'originalité de la littérature romaine étant dans ses prosateurs et non dans ses poëtes, il importe de donner aux premiers, dans l'interprétation, une place plus considérable.

III. Le génie de l'Etat *(Fortuna populi Romani*, plus tard *Dea Roma)* et surtout le génie du foyer, de la famille (Lares, Pénates, culte de Vesta) sont les deux conceptions les plus caractéristiques de la religion romaine.

IV. La clef du caractère de Cicéron, c'est son impressionnabilité toute méridionale : elle explique les contrastes les plus embarrassants dans sa vie politique et dans son talent.

V. Le *Dialogue des Orateurs* ne doit être attribué ni à Tacite, ni à Quintilien, ni à Pline-le-Jeune, mais à un auteur anonyme.

www.ingramcontent.com/pod-product-compliance
Lightning Source LLC
Chambersburg PA
CBHW051128260626
47170CB00005B/1717